TEATRO
A VAPOR

Produção editorial	carochinha editorial
Projeto gráfico	Naiara Raggiotti
Bagagem de informações	Débora A. Teodoro e Rogério Cantelli
Ilustrações	Kris Barz
Diagramação	Ricardo Paschoalato e Rogério Cantelli
Preparação de texto	Nara Raggiotti
Revisão	Débora A. Teodoro, Jumi Oliveira, Marina Munhoz e Rayssa Ávila do Valle
Capa	carochinha editorial

Todos os direitos reservados
© 2013 Editora Melhoramentos Ltda.

Obra conforme o Acordo Ortográfico
da Língua Portuguesa

Editora Melhoramentos

Azevedo, Artur
  Teatro a vapor / Artur Azevedo; [ilustrações de Kris Barz]. São Paulo: Editora Melhoramentos, 2013. (Clássicos da Literatura – versão escolar)

  ISBN 978-85-06-07108-3

Literatura brasileira. I. Título. II. Barz, Kris. III. Série.

13/167   CDD 869B

Índices para catálogo sistemático:
1. Literatura brasileira   869B
2. Literatura brasileira – Teatro   869.2B

1.ª edição, 2.ª impressão, agosto de 2019
ISBN: 978-85-06-07108-3

Atendimento ao consumidor:
Caixa Postal 729 – CEP 01031-970
São Paulo – SP – Brasil
Tel.: (11) 3874-0880
www.editoramelhoramentos.com.br
sac@melhoramentos.com.br

Impresso no Brasil

ARTUR AZEVEDO

TEATRO A VAPOR

Sainetes

MELHORAMENTOS

PAN-AMERICANO

(Na venda. Manuel, o vendeiro, está ao balcão. O Chico Facada acaba de beber dois de parati.)

Chico	(*Limpando os beiços.*) Ó seu Manuel?
Manuel	Diga!
Chico	Eu sou um cabra viajado: já fui até ao Acre, mas sou um ignorante. Você, que é todo metido a sebo, me explique o que vem a ser isso de pan-americano.
Manuel	Sei lá! Pois se a coisa é americano, como quer você que eu saiba? Tenho os meus estudos, isso tenho, mas só entendo do que é nosso. Lá o americano sei o que é; e pan é que me dá volta ao miolo!
Chico	Você ainda tem aquele livro que ensina tudo, e que o copeiro do doutor Furtado lhe vendeu para papel de embrulho?
Manuel	Ah! Tenho! Lembra você muito bem! E é justamente o volume em que tem a letra *p*. (*Vai buscar numa prateleira o segundo volume do dicionário de Eduardo de Faria.*) Ora, vamos ver! Isto é um livro, seu Chico, comprado a peso, aqui no balcão, por uma bagatela, mas que não dou por dinheiro nenhum! É obra rara! (*Depois de folhear o dicionário.*) Cá está! (*Lendo.*) "Pan, deus grego..."
Chico	(*Interrompendo.*) Grego ou americano?

Manuel	Aqui diz grego. Talvez seja erro de imprensa. (*Continuando a leitura.*) "Filho de Júpiter e de Calisto."
Chico	Que diabo! Então ele tem dois pais?
Manuel	Naturalmente Júpiter é a mãe. O nome é de mulher. (*Lendo.*) "Presidia ao rebanho e aos pastos, e passava pelo inventor da charamela."
Chico	Charamela? Que vem a ser isso?
Manuel	Lá na terra chamamos nós charamela a uma espécie de flauta.
Chico	De flauta? Então já sei! Isso de pan-americano é uma flauteação!
Manuel	(*Fechando o dicionário.*) Diz você muito bem, seu Chico: são uns flauteadores! Ora, que temos nós com os pastos e os rebanhos? (*Vai guardar o dicionário.*) Coisas que eles inventam para gastar dinheiro, como se o dinheiro andasse a rodo! (*Em tom confidencial.*) Olhe, aqui para nós, que ninguém nos ouve, o filho de Calisto deve ser o tal Rute, que andou por aí a fazer discursos e a encher o pandulho...
Chico	Por falar em Calisto: deite mais um de parati, seu Manuel!

A VERDADE

(Gabinete de trabalho. O Juquinha chegou do colégio, entra para tomar a bênção ao pai, o doutor Furtado, que está sentado numa poltrona, a ler jornais.)

Juquinha — Bênção, papai?
Doutor Furtado — Ora viva! (*Depois de lhe dar a bênção.*) Venha cá, sente-se ao pé de mim. (*Juquinha senta-se.*) Saiba que estou muito zangado com o senhor.
Juquinha — Comigo?
Doutor Furtado — O diretor do colégio deu-me uma bonita informação a seu respeito!
Juquinha — Esta semana só tive notas boas.
Doutor Furtado — Não é dos seus estudos que se trata, mas do seu comportamento.
Juquinha — Eu não fiz nada.
Doutor Furtado — O diretor disse-me que o senhor não abre a boca que não pregue uma mentira! Isso é muito feio, senhor Juquinha!
Juquinha — Mas, papai, eu...
Doutor Furtado — O homem que mente é o animal mais desprezível da criação! Retire-se. (*Juquinha vai saindo penalizado. O pai adoça a voz.*) Olha, vem cá. (*Juquinha volta.*) Tu sabes quem foi Epaminondas?
Juquinha — Lá no colégio tem um menino com esse nome.

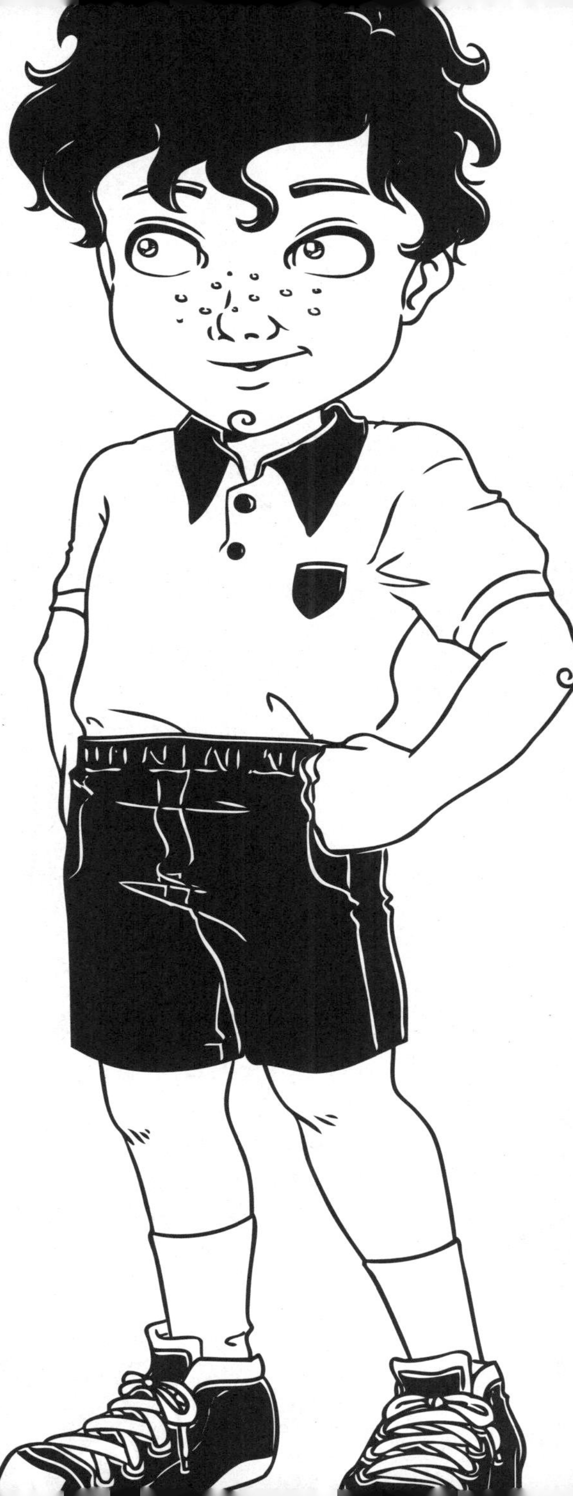

Doutor Furtado	Não é esse. Ainda não sabes, mas hás de lá chegar, quando estudares a história da Grécia. O Epaminondas, de quem te falo, era um general tebano, vencedor dos lacedemônios, que ficou célebre não só pelos grandes feitos que cometeu, como também porque não mentia nem brincando.
Juquinha	Então nem brincando a gente deve mentir?
Doutor Furtado	Nem brincando! A mentira é degradante. Degradante e inútil: o mentiroso é sempre apanhado. A sabedoria das nações lá diz que mais depressa é pegado um mentiroso a correr que o coxo a andar. O homem honrado – presta-me toda a atenção! – o homem honrado não mente em nenhuma circunstância da vida, ainda a mais insignificante! (*Batem palma no corredor.*) Quem será? Algum importuno!
Juquinha	Papai, quer que eu vá ver quem é?
Doutor Furtado	Vai, se for alguém que me procure, dize-lhe que não estou em casa.

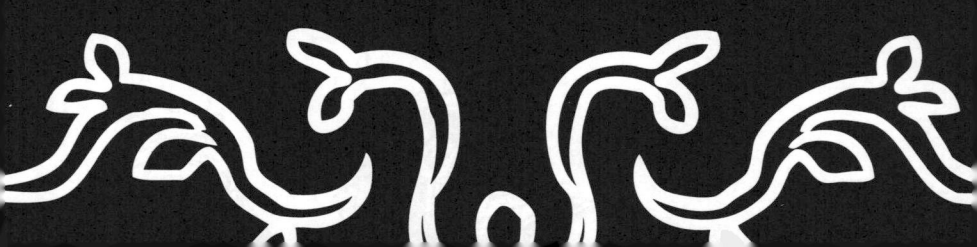

O HOMEM LEÃO

(Num banco da avenida, em frente ao convento da Ajuda. O Lopes está sentado pensando na vida. Passa o Rodrigues, vê o amigo e vai sentar-se ao lado dele.)

Rodrigues Ora viva, o meu caro Lopes!
Lopes Ora viva, meu caro Rodrigues.
Rodrigues Que faz você aqui?
Lopes Tomo um pouco de fresco. E você?
Rodrigues Idem, idem. *(Depois de uma pausa.)* Que me diz você do Lulu?
Lopes Que Lulu? O Lulu Gomes? Acho que aquilo é um sonho! A Europa com seis dias? Pois sim!
Rodrigues Não é do Lulu Gomes que falo.
Lopes Ah! Já sei: fala do Lulu de Castro. Parece-me que Wagner...
Rodrigues Não falo do Lulu de Castro.
Lopes Pois não conheço outros Lulus.
Rodrigues Então você não ouviu falar do Lulu que meteu o braço na jaula do leão da Maison Moderne – do famoso leão que delicia com os seus maviosos rugidos os moradores do Rossio e ruas adjacentes?
Lopes Ah! Sim, li o caso nos jornais e achei extraordinário que esse Lulu se lembrasse de...
Rodrigues Extraordinário? Engana-se, meu caro Lopes, não há nada mais natural!

Lopes	Natural?
Rodrigues	Natural, sim, porque é da natureza do homem provocar leões.
Lopes	Acha?

Rodrigues	Nós provocamo-los todos os dias, e ainda bem quando eles são generosos como o de Dom Quixote, ou mesmo como o da Maison Moderne, que se limitou a ferir, podendo ter comido uma mão.
Lopes	Ainda hoje comi um, que estava delicioso.
Rodrigues	Meu caro Lopes, eu estou filosofando, e, quando filosofo, falo sério.
Lopes	Não sei o que você quer dizer com a sua filosofia. Seja claro se quer que o entenda, meu caro Rodrigues.
Rodrigues	Pois não é preciso ser muito atilado para entender-me. Quer você um exemplo? O Fausto Cardoso! Que fez ele em Sergipe, atirando contra a tropa? Provocou o leão! Coitado! Foi mais infeliz que o Lulu, mas quem lho mandou?
Lopes	Agora vejo que provocar o leão é uma imagem.
Rodrigues	Dou-lhe parabéns pela esperteza, meu caro Lopes.
Lopes	Obrigado, meu caro Rodrigues.
Rodrigues	Olhe em torno de si... examine a sociedade... observe que a inclinação de todo homem é bulir com o mais forte.
Lopes	Afrontar o perigo!

Rodrigues	Ai, mau! Aí está você confundindo as coisas! Afrontar o perigo é para valentes. Há quem vença, afrontando-o, mas não há quem não seja vencido provocando o mais forte, a menos que tenha proteção divina, como Davi, quando provocou o gigante. A morte é infalível!
Lopes	Perdão, mas o Lulu não morreu...
Rodrigues	Tanto pior para ele!
Lopes	Essa agora! Por quê?
Rodrigues	Seria uma bela morte morrer ferido por um leão. Quem sabe o que lhe está reservado? Talvez venha a morrer de uma dentada de macaco!
Lopes	Você tem estado para aí a dizer uma série de asneiras, e eu a dar-lhe ouvidos! Ora viva!...
Rodrigues	Reflita, meu caro Lopes, que a palavra asneira é derivada da palavra asno, e que eu não praticaria uma injustiça retaliando, isto é, dizendo que você é uma besta!
Lopes	(*Erguendo-se.*) Insulta-me!
Rodrigues	Como de nós dois o mais inteligente, quero dizer, o mais forte sou eu, você acaba de meter, não digo o braço, mas pelo menos o dedo na jaula do leão. (*Erguendo-se.*) Retire-o enquanto é tempo!
Lopes	Não retiro nada!
Rodrigues	Nesse caso, meu caro Lopes, vá ser burro para o diabo que o carregue, e não me aborreça! (*Afasta-se.*)

A LISTA

(Em casa de Januário, carregador da Alfândega. Estão em cena ele, Bibiana, sua mulher, e Saldanha, mulato metido a sebo, falando difícil; veio visitar o casal.)

Saldanha	A propósito: vocês já encheram a lista?
Januário	Que lista?
Saldanha	A lista domiciliar para o recenseamento do Distrito Federal.
Januário	Ah! Sim... já ouvi falar... mas não recebi nenhuma lista.
Saldanha	Como não recebeu? É impossível! A distribuição foi geral e homogênea por todos os domicílios e lares domésticos do perímetro da capital!
Januário	Esqueceram-se de mim.
Saldanha	Não pode ser! E olhe que a circunstância reveste-se de uma gravidade um tanto climatérica. Quem não enche a lista paga multa.

A Lista domiciliar para o recenseamento do Distrito Federal:

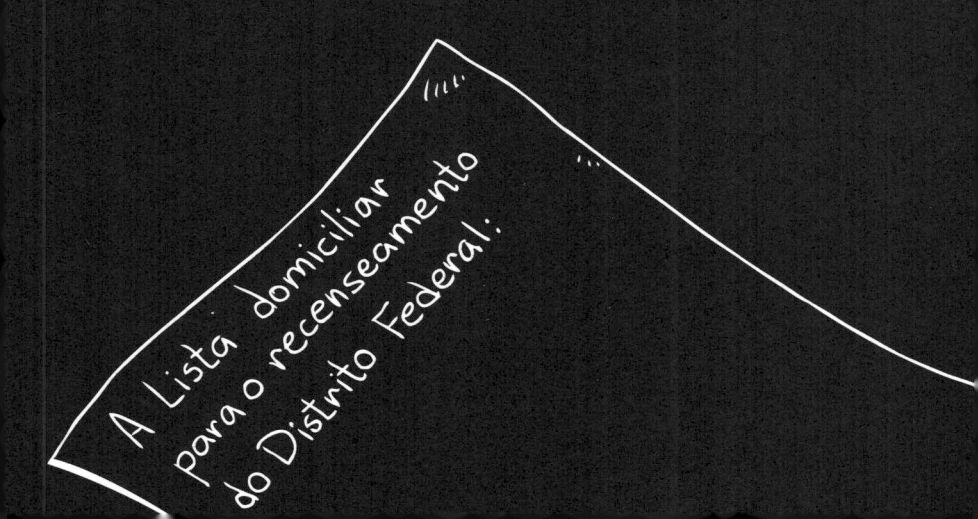

Bibiana	(*Com um salto.*) *Murta!*[1]
Saldanha	*Murta*, não: multa. Não confunda uma faculdade financeira do fisco municipalício com um mimoso arbusto das nossas odorantes campinas. Multa!
Bibiana	Este seu *Sardanha* fala que nem um *doutô*! (*Indo buscar a lista a uma gaveta.*) Aqui está a lista! Eu escondi ela porque seu Januário era capaz de *querê enchê*, e eu não queria! Diz que esse *papé* é *pro* recrutamento!
Saldanha	Isso é uma ideia que só pode germinar na inconsciência de um cérebro!
Januário	Homem, não sei se a Bibiana tem razão. O melhor é não encher a lista e pagar a multa.
Saldanha	Encha a lista, seu Januário! É um dever cívico! O recenseamento é a base anfibológica da civilização pan-americana! (*Tomando a lista.*) Você não tem necessidade de declarar o seu nome. Olhe! (*Lendo.*) "A declaração do nome não é obrigatória."
Januário	Ah, bem! Se não é obrigatória... como a vacina. (*Olhando para a lista.*) E que diz essa "observação importante"? É realmente importante?

1. Ao satirizar tanto as classes sociais mais baixas como as mais abastadas, o autor reproduz marcas de oralidade e busca o registro da língua falada. Os erros gramaticais, decorrentes dessa característica da obra, foram, de maneira geral, destacados nesta edição.

Saldanha — Ouça. (*Lendo.*) "O presente recenseamento tem apenas por fim proporcionar à Municipalidade os dados de que ela carece..."
Januário — (*Interrompendo.*) Os dados! Está vendo?...
Saldanha — Que tem isso?
Januário — Os dados! Para que a Municipalidade precisa de dados? Ela não joga gamão!...
Saldanha — Oh! Criatura obtusa e circuncisfláutica! Dados quer dizer... quer dizer...
Januário — Quer dizer soldados. Tiraram-lhe o sol, para a coisa não ficar muito clara... O que eles querem são soldados! Nada! Não encho a lista! Pago a multa, mas não encho a lista!...
Bibiana — Muito bem, seu Januário, muito bem!
Saldanha — (*Volvendo os olhos para o céu.*) Meu Deus! Triste apanágio o da ignorância!

A CASA DE SUSANA

(Amélia está no seu boudoir.[2] *Acaba de despir-se, ajudada pela mucama. Voltou do teatro com o marido, o comendador, que, depois do chá, se recolheu a dormir como um bem-aventurado. É uma hora da noite.)*

A mucama	Nhanhã gostou do drama?
Amélia	Não era um drama, era um *vaudeville*.
A mucama	Engraçado?
Amélia	Não; não tem graça nenhuma, porque é muito imoral. Eu queria vir para casa no fim do primeiro ato, mas o comendador entendeu que devíamos ficar até o fim! Se aquilo é espetáculo a que um marido leve a sua esposa...
A mucama	Ih!... Nhanhã como está indignada!...
Amélia	Pudera! Uma senhora honesta não deve sancionar com sua presença a exibição de semelhantes peças: dá má ideia de si.
A mucama	Como se chama o *vaudeville*, Nhanhã?
Amélia	*A casa de Susana*. Só esse título!
A mucama	Susana? É aquela francesa velha que de vez em quando faz benefício?
Amélia	Não; é outra de igual nome, mas muito pior. Não podes imaginar o que aquilo é! Eu estava a ver o momento em que, mesmo em cena... Que horror! Nunca senti tanto fogo nas faces!...

2. Quarto de uso exclusivamente feminino.

A mucama	Por que Nhanhã não se retirou do teatro?
Amélia	Já te disse que me quis retirar, mas o comendador, que dá o cavaquinho pela pornografia, dizia-me: "Espere, senhora; deixe-me ver até onde vai esta pouca vergonha"!
A mucama	Pronto! Nhanhã não precisa de mais nada?
Amélia	Não; podes te ir deitar, mas, antes disso, vê se o comendador já está dormindo. (*Mucama sai e volta.*) Então?
A mucama	Está ferrado no sono, roncando que é um louvar a Deus!
Amélia	Bem. Podes ir. Boa noite.
A mucama	Boa noite, Nhanhã. (*Mucama sai. Amélia diminui a força ao gás, e fica envolta numa doce meia-luz, em cuja sombra se destacam suavemente as rendas brancas da sua camisola. Depois, ela vai abrir, sem rumor, uma janela que dá para o jardim. Ouve-se um assobio.*)
Amélia	(*À meia-voz, para o jardim.*) Podes vir... (*Pausa. Henrique aparece no jardim, apoia as mãos no peitoril da janela, dá um salto e entra no boudoir. Amélia fecha a janela.*)
Amélia	Meu Henrique!...

Henrique	Minha Amélia!... (*Atiram-se nos braços um do outro e beijam-se longamente.*) Ele dorme?
Amélia	Profundamente. Queres saber o que me fez hoje aquele bruto?
Henrique	Dize.
Amélia	Levou-me à *Casa da Susana*!
Henrique	(*Com um sobressalto.*) Que Susana?
Amélia	É uma peça de teatro.
Henrique	(*Compreendendo.*) Ah!
Amélia	Uma peça do tal gênero livre.
Henrique	Que tem isso?
Amélia	Uma imoralidade que não deve ser vista nem ouvida por uma senhora honesta.
Henrique	Olha, sabes que mais, meu amor? Deixemo-nos de hipocrisias! O teatro é ficção, é fantasia, é mentira; e esta realidade... Sim, o que nós estamos fazendo, o que nós vamos fazer, é muito mais imoral.
Amélia	Pois sim, mas ninguém vê... ninguém sabe... (*Com frenesi.*) Meu Henrique!
Henrique	Minha Amélia! (*Atiram-se de novo aos beijos etc.*)

UM PEQUENO PRODÍGIO

(Sala em casa do Guimarães. A família está reunida. A senhora e as senhoritas não dizem palavra. O Chiquinho adormeceu numa cadeira. O doutor, que está de visita, acaba de dizer maravilhas do pequeno pianista Miécio Horszowski.)

Guimarães — Olhe, doutor, não é por falar mal... mas um dos nossos graves defeitos (nossos, isto é, de nós, brasileiros) é a facilidade com que exaltamos tudo quanto nos chega do estrangeiro e desprezamos o nosso!

Doutor — Perdão, mas quando aparece um gênio que seja realmente um gênio...

Guimarães — Que gênio, que nada! Afirmo-lhe que se o... Como se chama o tal menino?

Doutor — O primeiro nome é Miécio.

Toda a família — Miécio?!

Doutor — Miécio, sim!

Guimarães — Miécio! Ora vejam se isso é nome de pianista!

Doutor — O segundo é mais arrevesado: começa por *h* e acaba por *i*.

As senhoritas — Hi!...

Guimarães — Se ele se chamasse Francisco e houvesse nascido no Rio de Janeiro, ninguém lhe prestaria atenção!

Doutor — Não é tanto assim, todas as vezes que aparece entre nós uma vocação...

Guimarães	Tratamos de esmagá-la, de aniquilá-la, de inutilizá-la! No Brasil, ter talento artístico é um crime! Se o Carlos Gomes não tivesse ido para a Itália, podia escrever quantos *Guaranis* quisesse, que ninguém lhe daria importância!
Doutor	Não diga isso! No Brasil não houve ainda nenhum menino prodígio como esse pianista de onze anos que aí está.
Guimarães	Quem lhe disse? O doutor não pode adivinhar... a imprensa não diz nada... o brasileiro é naturalmente acanhado e modesto...
Doutor	Conhece você algum menino brasileiro nessas condições?
Guimarães	Não me fica bem dizê-lo, mas conheço.
Doutor	Quem é?
Guimarães	É meu filho, o Chiquinho, que tem a desgraça de não se chamar Miécio. (*Aponta para o Chiquinho, que dorme.*) Está com quatorze anos, mas aos onze já tocava piano admiravelmente, e, digo-lhe mais, sem ter aprendido música, tocava tudo de ouvido! Não conheço o tal russo, polaco ou lá o que seja, mas não o troco pelo meu Chiquinho!...
Doutor	Desculpe, eu não sabia que você tivesse um gênio em casa.
Guimarães	Pois tenho, sim, senhor! E já agora não o deixo sair sem ouvir o Chiquinho tocar alguma coisa. (*Gritando.*) Ó Chiquinho!

Chiquinho	(*Acordando sobressaltado.*) Senhor?
Guimarães	Vai tocar a valsa da *Boêmia*, para o doutor ouvir.
Chiquinho	(*Bocejando.*) Ora, papai!
As senhoras	Toca, Chiquinho!
Guimarães	É o que lhe digo, doutor, a modéstia é que nos mata! Aposto que, se fosse o Miécio, já estava sentado ao piano! (*Ao Chiquinho.*) Anda! Obedece!... (*O Chiquinho ergue-se estremunhado, vai para o piano e toca a valsa da* Boêmia.)
Doutor	(*Batendo palmas.*) Muito bem! Muito bem!...
Guimarães	E aquilo é de ouvido! Imagine se ele soubesse música!...

COHABITAR[3]

(Sala na casa de pensão em que mora o Guedes. Este acaba de voltar de uma viagem à Bahia. Estão na sala o Pereira, dono da casa, e o Lemos, hóspede. Entra o Guedes.)

Lemos   Ó Guedes, você ainda não disse as impressões que trouxe da Bahia!
Guedes   Muito boas! Aquilo é uma grande terra!
Pereira   Dizem que há lá muita sociabilidade.
Guedes   (*Que não percebeu.*) Como?
Pereira   Muita convivência.
Guedes   Isso há, seu Pereira... as famílias visitam-se... os moços cohabitam com as moças...
Pereira   Hein?
Lemos   Como é lá isso?
Pereira   Oh, seu Guedes! Olhe que isso não pode ser!
Guedes   Como não pode ser?
Pereira   É impossível que na Bahia os moços cohabitem com as moças...
Guedes   Ora essa! Então eu não vi?
Lemos   Que entende você por cohabitar?
Guedes   É... é...
Lemos   É uma indecência... uma inconveniência... uma coisa que não se diz!...
Guedes   (*Inflamando-se.*) Está muito enganado! Cohabitar é... (*Voltando-se para o Pereira.*) Você tem aí um dicionário?

---

3. Grafia em desuso, porém mantida em função da coerência narrativa.

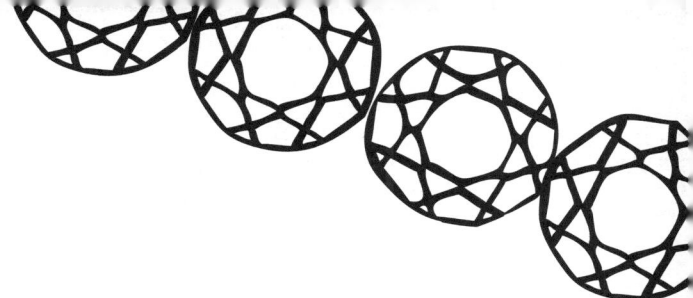

Pereira	Pois não! (*Sai.*)
Guedes	Vamos ao tira-teimas!
Lemos	Você vai ficar com uma cara deste tamanho!
Guedes	É o que vamos ver!
Pereira	(*Voltando com o dicionário.*) Cá está o Aulete!
Lemos	Vamos lá, Guedes! Procure cohabitar.
Guedes	(*Depois de levar muito tempo a folhear o dicionário.*) Não dá! Não dá! Vejam!
Lemos	Perdão, você está procurando com *u*, deve ser com *o*.
Guedes	Tem razão. Onde estava eu com a cabeça? (*Depois de folhear de novo o dicionário.*) Não dá! Também não dá com *o*! Veja: de *coa* passa para *coação*! Não dá com *u* nem com *o*!
Lemos	Valha-o Deus, Guedes, valha-o Deus! Você está procurando sem *h*.
Guedes	Sem *h*! Que *h*?
Lemos	Cohabitar tem um *h*.
Guedes	Isso é conforme!
Lemos	Que conforme, que nada! Dê cá o dicionário! (*Depois de procurar a palavra.*) Olhe, leia, seu teimoso, leia e aprenda! (*Lendo.*) "Cohabitar, habitar, viver conjuntamente".
Guedes	Mas isso...

Lemos	Agora veja o que o Aulete acrescenta entre parênteses. (*Lendo.*) "Diz-se particularmente de duas pessoas de diferente sexo".
Guedes	(*Furioso.*) Perdão! Eu não disse particularmente, mas alto e bom som, e só não ouviu quem não me quis ouvir! (*Batendo com a mão espalmada sobre a mesa.*) Eu não sou homem que diga as coisas particularmente! (*Sai zangadíssimo.*)
Pereira	Admira que ainda o não tenham feito senador da República!

UM COMO HÁ TANTOS

(Na sala de jantar do Borba, às dez horas da noite, depois do chá. Toda a família está sentada em volta à mesa. O Borba lê um jornal; Dona Mimi, sua esposa, palita os dentes; Miloca e Gigi, suas filhas, conversam.)

Dona Mimi — São horas de recolher. Meninas, arrumem a mesa, porque o copeiro não está em casa; pediu para dormir fora.
Borba — (*Arremessando para longe o jornal que estava lendo.*) É uma vergonha esta nossa polícia!
Miloca — Por quê, papai?
Borba — Vocês leram a notícia do assassinato da rua da Carioca?
Gigi — Lemos, sim, senhor.
Borba — Pois aquele menino a bater desesperadamente à porta depois de uma hora da noite, e não haver um guarda-noturno a quem o fato causasse espécie! Se a polícia acudisse, os ladrões estavam presos e o pequeno não seria assassinado!
Dona Mimi — Mas a polícia não tinha grandes motivos para acudir; não podia adivinhar que houvesse ladrões dentro daquela casa...
Borba — E a loja apagada? Uma loja de ourives que ficava acesa toda a noite? Qual! Vocês convençam-se de que nós não temos polícia!
Dona Mimi — Não é tanto assim.

Borba	O que lhes afianço é que, se eu fosse chefe de polícia, todos aqueles ladrões e assassinos já estavam filados, e eu, farto de saber que fim tinha levado o Cartucci!
Gigi	Que pena papai não ser chefe de polícia!
Miloca	Se o Afonso Pena soubesse...
Borba	Olhem, meninas, eu não sou uma autoridade policial, sou um simples cidadão, mas se, por acaso, passasse pela rua da Carioca e visse o Paulino a bater daquela forma, e a loja apagada, chamava a patrulha, mandava arrombar a porta e era o primeiro a entrar!
Dona Mimi	(*Com um sorriso incrédulo.*) Você?
Borba	Eu, sim! Quando trago comigo este companheiro inseparável, não tenho medo de homem! (*Tira do bolso e mostra um revólver.*)
A cozinheira	(*Entrando assustada.*) Patrão! Patrão!
Miloca	Guarde isto, papai, com armas de fogo não se brinca.
Todos	Que é?
A cozinheira	Tem gente ao galinheiro!
Todos	Hein?
A cozinheira	Parece que são gatunos!
Borba	(*Tremendo.*) Gatunos?!
A cozinheira	As galinhas estão fazendo muita bulha!
Borba	Que diabo! O copeiro não está aí?
Dona Mimi	Foi dormir fora.

Borba	Então não há um homem em casa?
Dona Mimi	Há você!
Borba	Sim, mas acham que eu deva expor a vida por causa de umas miseráveis galinhas? (*À cozinheira.*) A porta do quintal e as janelas estão bem fechadas?
A cozinheira	Estão, sim, senhor.
Borba	Então eles que roubem as galinhas à vontade! Amanhã renova-se o galinheiro! O que isso pode custar? Uns cinquenta ou sessenta mil-réis!
Dona Mimi	Mas você poderia passar o braço pela janela da cozinha e dar um tiro ao menos para assustar os ladrões...
Borba	Nada! Se eu abrir a janela, eles podem saltar cá para dentro! Não é por mim, é por vocês!
Miloca e Gigi	Ora! Dê o tiro, papai!
Borba	Não, minhas filhas, não vale a pena! Se fossem joias, sim, mas galinhas... Deixá-los roubar à vontade!

UM DESESPERADO

(Na sala. Dona Leopoldina e suas filhas, quatro gentis senhoritas, discutem o crime da rua da Carioca. O doutor Chiquinho aparece no limiar da porta.)

Doutor Chiquinho	Dão licença, minhas senhoras?
Todas	(*Levantando-se em alvoroço.*) Olhem quem ele é! O doutor Chiquinho! Entre, doutor Chiquinho! Como tem passado? Há quanto tempo não aparecia! Dê cá o chapéu! Dê cá a bengala! Sente-se. (*Sentam-se todos.*)
Dona Leopoldina	Que bons ventos o trouxeram a esta casa? Vou mandar repicar os sinos!...
Doutor Chiquinho	Eu lhe digo, minha senhora. Há dias que estou desesperado!
Todas	Desesperado?!
Doutor Chiquinho	Desesperado é o termo! Em casa, ao almoço, no consultório, no juízo; na rua do Ouvidor, na avenida, no meu alfaiate, no meu barbeiro, no Castelões, no bonde, ao jantar, em toda a parte, enfim, não ouço falar senão no crime da rua da Carioca!
Dona Leopoldina	Que coisa horrorosa, hein, doutor Chiquinho?

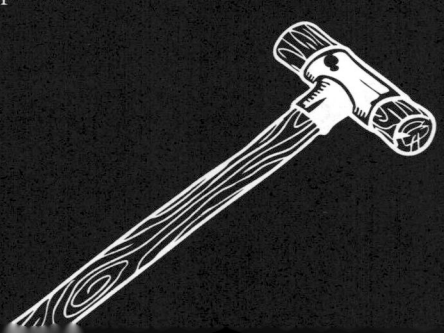

Doutor Chiquinho	Lembrei-me então de Vossas Excelências... Ali, disse eu aos meus botões, com certeza não ouvirei falar de Carletto e Rocca... Aquelas senhoras só gostam de conversar sobre modas, bailes, teatros, passeios etc. Lá estarei livre desse maldito assunto, que é o meu desespero!
Primeira senhorita	O senhor sabe se o Carletto já foi preso?
Doutor Chiquinho	Não, minha senhora, não sei! Não sei nem quero saber! Vossas Excelências estiveram no festival do Parque?
Segunda senhorita	Há de ser difícil pegar o Carletto! Dizem que é muito esperto e disfarça-se com habilidade...
Terceira senhorita	Ora! O Rocca era também muito esperto e lá está!
Quarta senhorita	O Rocca foi imprudente... devia ter fugido como o Carletto; não acha, doutor Chiquinho?
Doutor Chiquinho	(*Resignado.*) Acho.
Uma voz	(*Passando na rua.*) Quando o Carletto tomou o trem em Cascadura... (*Perde-se a voz.*)
Dona Leopoldina	O Rocca diz que não fugiu logo para despedir-se da família.
Terceira senhorita	Como se aquilo pudesse ter amor à família!
Segunda senhorita	Por que não, sinhá? A alma humana é um mistério.

Primeira senhorita	Eu acho que a mulher e os filhos do Rocca são dignos de piedade; não acha, doutor Chiquinho?
Doutor Chiquinho	Acho. (*À parte.*) Onde me vim meter!...
O moleque	(*Entrando a correr e dirigindo-se a Dona Leopoldina.*) Nhanhã! Nhanhã! *Távum* dizendo ali na venda que o resto das *joia* já foi encontrado em São Paulo!
Todas	Já?!
O moleque	Foi um *home* que entrou na venda que disse.
Primeira senhorita	(*Ao moleque.*) Vai ver se a *Notícia* deu segunda edição.
O moleque	*Quedê* tostão?
Primeira senhorita	Toma. (*O moleque sai correndo.*)
Terceira senhorita	Se foi encontrado o resto das joias, ainda bem para o tio do Carlucci.
Segunda senhorita	Ora! Ele também não era grande coisa: comprava contrabandos.
Primeira senhorita	Assim fazem todos.
Doutor Chiquinho	Mas... se falássemos do Miécio ou do concerto do Arthur Napoleão... ou do cavalo que dança o maxixe no São Pedro!... Vossas Excelências já viram o cavalo que dança o maxixe?...
Dona Leopoldina	Que coisa horrível matar para roubar!
Primeira senhorita	Felizmente os brasileiros não dão para isso.

Segunda senhorita	Olha o Saturnino!
Terceira senhorita	Olha o Salgado!
Quarta senhorita	Olha o Pires! Nenhum deles matou.
Dona Leopoldina	Mas o tal Rocca e o tal Carletto... que monstros!...
Doutor Chiquinho	Vossas Excelências já foram ver a luta romana?
Primeira senhorita	Também se o povo os apanha!
Segunda senhorita	Faz justiça por suas próprias mãos!
Terceira senhorita	E faz muito bem; não acha, doutor Chiquinho?
Doutor Chiquinho	(*Erguendo-se.*) Minhas senhoras, a conversa está muito agradável, mas eu peço licença para retirar-me!
Todas	Já! Ora, fique mais um instantinho! Não se demorou nada! Então, doutor Chiquinho?
Dona Leopoldina	Meu marido não tarda aí.
Doutor Chiquinho	Não posso, minhas senhoras; lembrei-me agora de que preciso ir a outra parte... Minhas senhoras... (*Vai saindo e encontra-se com o dono da casa, que entra.*)
O dono da casa	Olé! Estava aí, doutor Chiquinho!...
Doutor Chiquinho	Estava, mas retiro-me.
O dono da casa	Com a minha chegada?
Doutor Chiquinho	Ora essa! (*Vai saindo.*)
O dono da casa	Olhe! Espere! Sabe que o Carletto nem novas nem mandados?
Doutor Chiquinho	Livra! (*Foge.*)

UM DOS CARLETTOS

(No gabinete do Pereira.)

Pereira	(*Falando pela janela.*) Psiu! Ó s'or Zé?... o homem já lá está?
A voz do chacareiro	Não, senhor, ainda não apareceu; é cedo ainda, mas deixe-me dizer, patrão: pelos sinais que me deram, não parece que seja o Carletto...
Pereira	Não parece? Mais uma razão para ser ele! Disfarçou-se! Bom; vá, e logo que ele entrar, venha dizer-me.
A voz do chacareiro	Sim, senhor.
Dona Laura	(*Que tem entrado sem ser pressentida.*) Que conciliábulos são esses com chacareiro?
Pereira	Ouviste?
Dona Laura	Não; não ouvi nada.
Pereira	Tenho vontade de te dizer tudo, mas segredo em boca de mulher é manteiga em focinho de cão.
Dona Laura	Trata-se então de um segredo?
Pereira	(*Baixando a voz.*) Creio que deitei a mão ao Carletto!
Dona Laura	Você?!

Pereira	Há três noites que um indivíduo penetra furtivamente na chácara e mete-se na cocheira abandonada. O chacareiro foi prevenido disso hoje à tarde. Não pode ser outro senão o Carletto!
Dona Laura	Por quê?
Pereira	Porque sim! Uma voz interior me diz que é ele! Se prendo o bandido, imagina que glória para mim! Que glória e que gratificação! Sim, porque estou certo de que serei bem gratificado!
Dona Laura	Há apenas um pequeno obstáculo.
Pereira	Qual?
Dona Laura	É que o Carletto já foi preso.
Pereira	Que me dizes?
Dona Laura	Como hoje é domingo e você não saiu de casa, de nada soube. Mas, olhe, cá está o boletim da *Gazeta*!
Pereira	(*Depois de passar os olhos no boletim.*) Estou roubado!... Entretanto, vou dar um giro até a cocheira, a ver se apanho o meliante!

Dona Laura   Ora! Algum vagabundo... (*Pereira sai. Dona Laura faz um sinal para o interior da casa, senta-se à mesa e escreve apressadamente.*) "Meu querido: bem te dizia eu que essa história da cocheira era uma imprudência. Já disseram ao Pereira que há três noites entra lá um homem, e ele supôs que fosse o Carletto. Não voltes lá se não queres ser apanhado. Da tua – L." (*A um moleque que entra.*) Vai levar esta carta depressa, correndo, à pessoa que já sabes... cuidado!... (*O molecote mete a carta no bolso e sai correndo.*)

DEPOIS DO ESPETÁCULO

(Numa casa de iscas, com ou sem elas, depois da meia-noite. O Antônio está ceando; entra José.)

José	Ó Antônio, estás a fazer bem à barriga?
Antônio	Vim às iscas; se és servido, senta-te e come pra aí!
José	Também vim a elas, mas olha lá: não quero que pagues!
Antônio	Pois senta-te, rapaz; no fim fazemos contas. Mas como estás suado!
José	Se te parece! Fui ver os *Estranguladores*! Tenho a camisa que se pode torcer! E logo hoje me esqueci de trazer lenço! *(Ao criado.)* Vê se me arranjas um guardanapo!
Antônio	E que tal? É obra, hein?
José	Ora, não me fales! Trocaram tudo!
Antônio	Como trocaram tudo?
José	Pois *antão*! Tinham-me dito que a coisa era *co* Rocca *mal'*o Carletto, e que eles matavam o Caruxo e *mal'*o Polino *co* pano em riba. E olha que era mesmo assim; mas diz que a polícia *num* quis, que era *pro móde nam* assanhar o povo.

Antônio	Mas mudaram os nomes, ou *cumo* foi?
José	Mudaram tudo!
Antônio	Mudaram como?
José	Mudaram pra francês, e ficou uma embrulhada que nem o diabo entende! (*Limpando-se com um guardanapo já servido, que o criado trouxe.*) Olha como estou alagado!
Antônio	Bem fiz eu em não lá ir!
José	Basta que eu te diga que lá o Caruxo é uma condessa, e tudo assim por diante. Mas o raio da peça tem o que se lhe diga, isso tem! O Rocca *mal'*o Carletto estão *cos* nomes trocados, mas a gente logo vê que *sam* eles.
Antônio	E a autoridade não aparece?
José	Aparece, mas é um *Quetano* Júnior de lá de Paris. Pois se te estou dizendo que mudaram tudo pra francês.
Antônio	Nanja que eu lá ponho os pés!
José	Guarda-te para os *Ladrões do mar*, que já estão anunciados. Diz qu'o Dias Braga faz o Pegato. Mas hás de ver que trocam tudo outra vez. *Nam*, que eles nem querem assanhar o povo, e vamos lá, Antônio, vamos lá que não deixam de ter razão. Passa-me as iscas.

TU PRA LÁ, TU PRA CÁ

(Lousada, sujeito de meia-idade; Carolina, mulata gorda.)

Lousada	Ó Carolina, puseste ao sol a cartola e a sobrecasaca?
Carolina	Sim, *senhô*.
Lousada	Vai buscá-los.
Carolina	(*Trazendo os objetos pedidos.*) O *senhô* vai *fazê* alguma visita de importância?
Lousada	Vou à Central receber o Pena.
Carolina	Que Pena?
Lousada	O futuro Presidente da República.
Carolina	O *senhô* conhece ele?
Lousada	Se o conheço! Ora essa! Tratamo-nos por tu!
Carolina	Saia daí, seu Lousada! Deixe de prosa!...
Lousada	De prosa como?
Carolina	Faz quatro anos que o *senhô* foi à *Centrá recebê* o *Rodrigue Arve*, e, também nessa ocasião, me disse que tratava ele por tu...
Lousada	E então?
Carolina	Ora! Naquele dia em que a gente foi nas *regata* de Botafogo, o *Rodrigue Arve* passou juntinho de nós. O *senhô* fez uma grande barretada, e ele, nem coisa, e foi passando. *Quá*! Não acredito que o *senhô* trate ele por tu!

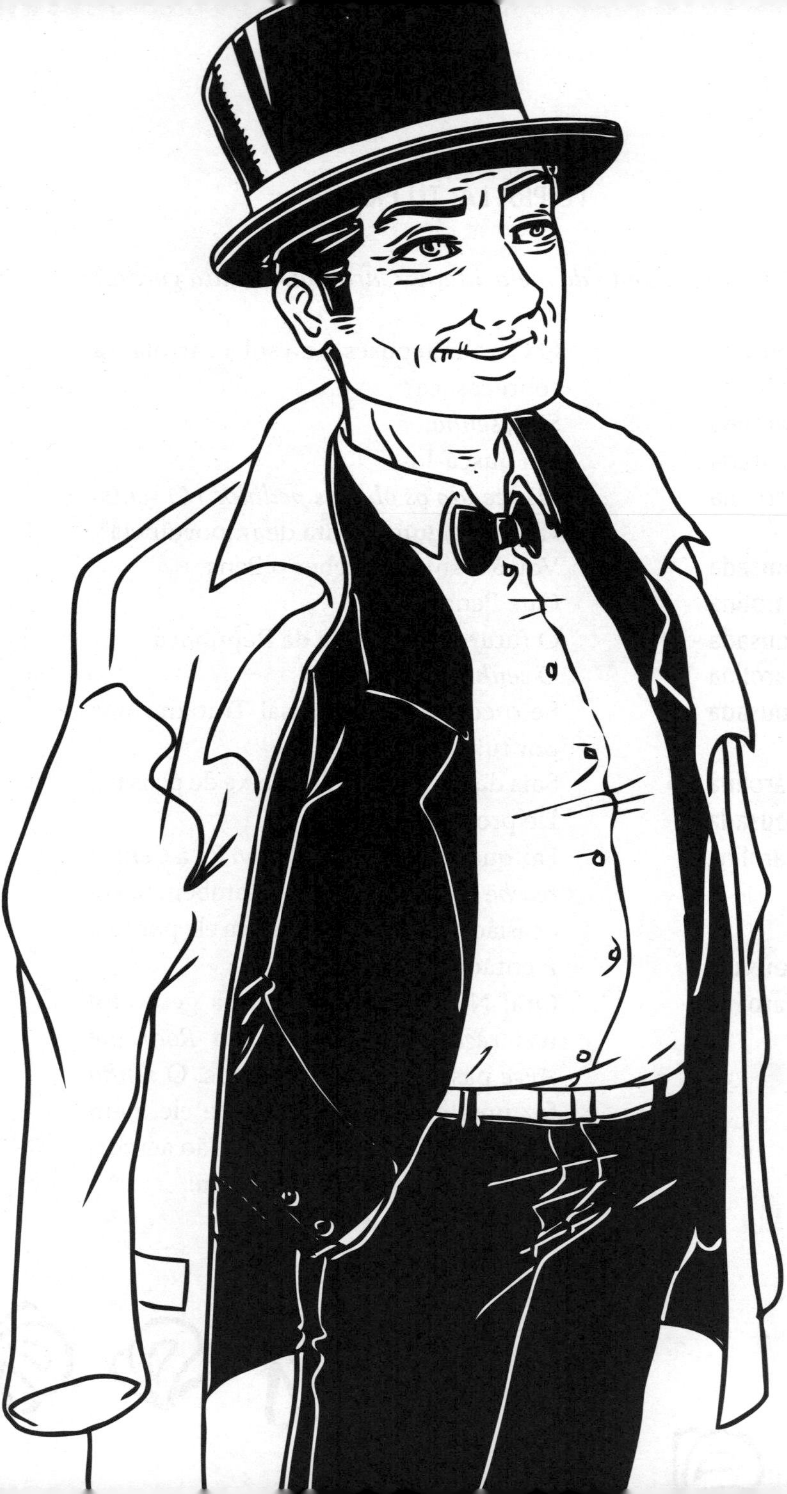

Lousada	Estás enganada. O Chico não me viu. Nessas festas não vê ninguém. Além de ser míope, é muito encalistrado. Então quando ouve tocar hino é uma desgraça! E, no momento em que ele passou para entrar no pavilhão, estavam tocando o hino.
Carolina	E o *senhô* por que cumprimentou ele com tanta cerimônia?
Lousada	Não cumprimentei o homem: cumprimentei o presidente da República!
Carolina	Ele viu perfeitamente o *senhô*, e não fez caso.
Lousada	Já te disse que o hino; mas... quando não fosse? Esses homens, quando grimpam às altas posições, esquecem-se naturalmente dos amigos pobres. Vê, por exemplo, o... o... quem há de ser? O Cardoso da botica. Ele e eu tratamo-nos por tu, não é? Pois bem: faze o Cardoso presidente da República, e verás! Se queres conhecer o vilão...
Carolina	Sim, o Cardoso da botica o *senhô* trata por tu, mas o *Rodrigue Arve* não.
Lousada	Ó mulher! O Chico e eu, no tempo da monarquia, éramos tu para lá, tu para cá!
Carolina	Então, o Chico é muito ruim, porque o *senhô* ainda não tem um bom emprego, e não é por não pedir.

Lousada	Olha, talvez ele não me servisse justamente por sermos íntimos. Os amigos do chefe de Estado estão sempre de mau partido, porque, com amigos, não há cerimônias, e são eles os sacrificados. Se eu não tivesse tanta familiaridade com o presidente da República, a estas horas estaria bem colocado!
Carolina	Nesse caso o *senhô* não arranja nada também com o Pena.
Lousada	Por quê?
Carolina	Pois não trata ele por tu?
Lousada	É certo; mas não há regra sem exceção. Deixa estar que logo, quando ele saltar do trem, hei de achar meio de lhe segredar ao ouvido: "Afonso, meu velho, não te esqueças de mim..."
Carolina	Deixe de gabolice! Tratar por tu custa muito. Olhe, eu que sou metida com o *senhô* há tantos anos, ainda não me acostumei a lhe tratar por tu!

UM CANCRO

(No quarto de Magalhães, que se veste, ajudado pela senhora.)

Magalhães — Até que afinal temos um chefe de polícia!
A senhora — Por quê?
Magalhães — Porque está disposto a acabar com o tal jogo dos bichos!
A senhora — Pois olha, Magalhães, é pena!
Magalhães — Não digas isso, mulher! Pois não vês que o jogo dos bichos é um cancro da sociedade?
A senhora — Sim, não duvido, tem-no dito muitas vezes; mas como tenho sido feliz...
Magalhães — Tu? Pois tu jogas nos bichos?!...
A senhora — Sim, confesso-te, mesmo porque não quero por mais tempo guardar esse segredo... Sim, eu sei que tu és contra o jogo, mas já duas vezes acertei na centena... Nos grupos tenho sido de uma felicidade inaudita... Ainda ontem ganhei cento e vinte mil-réis!
Magalhães — Que me estás dizendo, mulher?
A senhora — Nada te dizia para te não contrariar; mas com que dinheiro reformei a mobília da sala de jantar?... Com que dinheiro comprei na Casa Colombo aquele terno que te ofereci no dia de teus anos, e de que tu tanto gostas?... Tudo dinheiro dos bichos!...

Magalhães	Supus que fossem as balas.
A senhora	Qual! As balas não dão assim tanto lucro. Olha, tu estás sofrendo do fígado e o médico recomendou-te uma estação em Cambuquira...
Magalhães	Estação que não posso fazer...
A senhora	Podes, sim. Em março iremos a Cambuquira... Já tenho para isso oitocentos mil-réis guardados, e se consentes que eu continue a jogar, afianço-te que reunirei dois contos de réis, porque sou muito feliz. Agora, se não consentes, é outra coisa... Sou uma esposa obediente... Só faço o que meu marido quiser que eu faça...
Magalhães	Mulher, que te hei de dizer? Joga... vai jogando...
A senhora	Mas não dizes que o jogo é um cancro da sociedade?
Magalhães	É um cancro para quem perde.
A senhora	Hoje tenho um palpite enorme no gato.
Magalhães	Pois joga no gato!
A senhora	O diabo é o chefe de polícia...
Magalhães	Deixe lá, que o chefe de polícia não fará maiores milagres que os outros! Era só o que faltava, que, por causa do chefe de polícia, eu não fosse em março a Cambuquira tratar do meu fígado!

AS OPINIÕES
(Cena de revista)

(Na avenida Beira-Mar.)

A comadre	Que mais desejas?
O compadre	Desejava saber exatamente o juízo que este povo forma do doutor Pereira Passos. Tenho observado que uns dizem dele cobras e lagartos, e outros o põem nos cornos da lua!
A comadre	Olha, ali vêm dez opiniões; interroga-as.
O compadre	Opiniões aquilo?
A comadre	Bem vês; não há duas que se pareçam. *(Entrada ruidosa das opiniões, que cantam uma valsa.)*
O compadre	Façam favor de me dizer o que é o doutor Pereira Passos.
Primeira opinião	É um grande homem! Transformou o Rio de Janeiro!
Segunda opinião	Ora viva! Com aqueles processos de fazer dinheiro, não há quem não seja um grande homem! Assim poder-se-ia transformar todo o Brasil!
Terceira opinião	Não olho senão para o resultado; não discuto os meios. O resultado é o que estamos vendo. Só a avenida Beira-Mar bastava para imortalizar o Passos!
Quarta opinião	Mas esse homem esbulhou o direito de muita gente, não respeitou a propriedade alheia, causou muito desespero e muitas lágrimas!

Quinta opinião	Por outro lado causou também muitas alegrias e deu muito dinheiro a ganhar! Há muita gente que o adora!
Sexta opinião	Há também muita gente que o odeia, e o ódio contra os potentados é terrível!
Sétima opinião	Já se pode andar na cidade: já temos grandes extensões de ruas bem calçadas, e só aos sapateiros não agradam tais benefícios.
Oitava opinião	Faltava ao Passos o sentimento estético. Deixou construir muita casa feia. Pôs aquele mostrador de empadas no centro da praça da Carioca! Pôs um mictório no meio de uma praça pública, em frente a uma Secretaria de Estado!
Nona opinião	De mictórios foi ele pródigo. É o prefeito mais diurético que temos tido!
Décima opinião	Nenhum brasileiro mostrou ainda tanta energia e tanta atividade aos setenta anos! É um exemplo aos moços! (*As opiniões retiram-se cantando como ao entrar.*)
A comadre	Então?
O compadre	Pesando todas estas opiniões, chego ao seguinte resultado: o doutor Pereira Passos não é um homem perfeito porque não há ninguém perfeito nesta vida, mas é um homem excepcional, um brasileiro benemérito, e pois que ele hoje parte para a Europa, faço votos para que volte breve, e continue a servir o seu país, até morrer... de velhice.

PROJETOS

(Na sala de jantar do Antunes, à noitinha. A família está reunida. O dono da casa cochila na cadeira de balanço. Dona Rosália, sua mulher, conserta meias. Das senhoritas, que são três, uma cose e duas fazem crochê. Cazuza, menino de doze anos, vê as figuras do Tico-Tico.[4])

Dona Rosália	Meninas, vocês viram o projeto do Alcindo Guanabara?
As meninas	Que projeto?
Dona Rosália	*(Arremedando-as.)* Que projeto? *(Em tom natural.)* Vocês só sabem de modas!... O projeto unificando os vencimentos dos funcionários públicos.
Primeira senhorita	Papai lucra com isso alguma coisa?
Dona Rosália	Decerto! Vosso pai, que atualmente ganha... Quanto é mesmo, Antunes?
Antunes	*(De olhos fechados e voz arrastada.)* Sete contos e duzentos.
Dona Rosália	Ficará ganhando doze contos!
Antunes	Fora os descontos.
Primeira senhorita	Doze contos! Que bom! Só assim terei um colete novo!
Segunda senhorita	E eu poderei comprar aquele chapéu que vi nas Fazendas Pretas!
Terceira senhorita	E eu realizar o meu sonho, que é possuir um relógio com *chatelaine art nouveau*![5]

---

4. Periódico de HQs, elaborado para o público infantil da época.
5. Corrente *art noveau*.

Cazuza	(*Sem tirar os olhos do* Tico-Tico.) Eu só quero uma bicicleta! Quando vem esse cobre?
Dona Rosália	Calem-se! O projeto ainda não passou!
Antunes	Nem se sabe se passará...
Dona Rosália	Quando houver mais algum dinheiro nesta casa, a primeira despesa a fazer é reformar a mobília da sala de visitas, que está toda bichada.
Primeira senhorita	Ora, mamãe! A mobília pode esperar, e eu preciso muito de um colete novo!
Segunda senhorita	O meu chapéu está indecente!
Terceira senhorita	Um relógio e uma *chatelaine* não custam os olhos da cara!

Cazuza (*Atirando de mau modo o* Tico-Tico.) Não há menino pobre que não tenha bicicleta!

Dona Rosália Antunes Isso é lá com vosso pai! (*Abrindo os olhos.*) Se vier o aumento (o que duvido, porque quando a esmola é muita o pobre desconfia), em primeiro lugar farei o possível para ficar livre de dois agiotas que me tiram couro e cabelo, e tratarei de pagar aos outros credores. Depois veremos. (*Olhando tristemente para os pés.*) Também preciso de umas botinas, que estas, compradas há três anos, estão rasgadas e já levaram duas meias-solas e dois remontes!...

O MEALHEIRO

(Na sala de jantar do senhor Barradas. Estão em cena ele e sua mulher, dona Quitéria.)

Barradas — Ó Quitéria, foi você quem tirou um níquel de quatrocentos réis que estava no bolso do meu colete?

Quitéria — Não. Você bem sabe que não tenho o costume de revistar-lhe as algibeiras.

Barradas — Que diabo! Aqui andam gatunos! Ultimamente tenho dado por falta dos trocos miúdos. Você tem confiança na cozinheira?

Quitéria — Toda, e, demais, ela não entra no nosso quarto. Só se foram as meninas!

Barradas — Isso é fácil de averiguar. *(Chamando.)* Zizinha! Bicota!

As vozes das senhoritas — Senhor?

Barradas — Venham cá. *(A Quitéria.)* Vou abrir um inquérito. Vais ver como tenho jeito para autoridade policial! *(As senhoritas entram.)* Meninas, de tempos a esta parte, têm-me desaparecido níqueis do bolso do colete. *(As senhoritas entreolham-se.)* Digam-me com toda a franqueza se são vocês que... *(As senhoritas baixam os olhos.)* São vocês, confessem!...

Zizinha — Confessamos.
Bicota — Somos nós.

Barradas	(*A Quitéria.*) Vês que perspicácia? E não se aproveita um homem como eu! Ah! Se o Alfredo Pinto me conhecesse!...
Quitéria	Mas para que vocês furtaram os níqueis de seu pai?
Zizinha	Não eram só os de papai...
Bicota	Eram também os de mamãe...
Zizinha	Eram quantos níqueis apanhávamos à mão.
Bicota	Todas as vezes que pilhávamos um níquel descuidado, nhape!
Zizinha	Não nos escapava nenhum vintém vagabundo!
Barradas	Até os vinténs! Mas para quê?
Bicota	Para meter no mealheiro.
Barradas	Que mealheiro?
Zizinha	Um mealheiro que temos lá no nosso quarto, e há três meses que estamos a encher.
Bicota	Quer ver, papai? (*Corre ao quarto e volta trazendo o mealheiro.*) Aqui dentro há dinheiro do papai, da mamãe e nosso. O mealheiro só se abrirá quando tiver quinze mil-réis.
Barradas	Quanto já tem?
Zizinha	Não sabemos... perdemos a conta...

Barradas	(*Pesando o mealheiro nas mãos.*) Aqui há mais de quinze mil-réis. Ora espera! (*Vai buscar um ferro e abre o mealheiro, apesar dos protestos das senhoritas. As moedas espalham-se sobre a mesa.*) Contemos! (*Conta-se o dinheiro.*) Que lhes dizia eu? Dezesseis mil e duzentos!
As senhoritas	(*Contentes.*) Que bom! Que bom! Já temos os quinze mil-réis!...
Barradas	Mas para que estão vocês a juntar este dinheiro há três meses?
Bicota	Papai não se zanga? Mamãe não ralha conosco?
Quitéria	Não.
Bicota	É para darmos todos os quatro um passeio em automóvel!

UM GREVISTA

(A cena passa-se em Paris, durante uma greve de carroceiros, em casa de um grevista casado e pai de filhos.)

O grevista	Não te apresses, mulherzinha: podes dar-me hoje o café um pouco mais tarde. Não saio de casa!
A mulher	Estás sonhando? Olha, que não é domingo!
O grevista	Bem sei; mas estou em greve!
A mulher	Estás em greve, *Manel*? Isso é o diabo!
O grevista	É o diabo, é, mas que remédio?! Olha, que por meu gosto eu ia trabalhar, que é ali, nos queixos do burro, que ganho o necessário para te dar de comer e aos pequenos; mas, como os outros não trabalham, também eu não posso trabalhar... É o que lá os entendidos (*má* raios os partam!) chamam... espera... espera, que a coisa é arrevesada... Ah! Agora me lembra: solidariedade da classe.
A mulher	Tudo isso é muito bom quando a gente aveza para os feijões.
O grevista	Não julgues tu que me diverte estar sem fazer nada. Sou homem de trabalho. Um estupor me dê, se não prefiro trabalhar, mesmo de graça, a ficar em casa feito um estafermo!

A mulher	Ainda se isso valesse alguma coisa! Nada ganhas, e daqui a dias voltas para o serviço ganhando o mesmo que ganhavas antes da greve!
O grevista	Lá por isso não, mulher, que o patrão é boa pessoa, e, como não é por meu gosto que estou em greve, hei de pedir-lhe que me pague os dias que deixei de trabalhar.
A mulher	Duvido que te ele pague.
O grevista	Se me não pagar, aí então é que me declaro em greve – a greve de um só. Ora, a minha vida! Queres saber quem lucra com isto? Os burros, que descansam, coitadinhos... *Má* raios os partam!...

FESTAS

(Sala. O senhor Arruda vem do trabalho. Entra de mau humor. A senhora e as meninas, que o esperavam, recebem-no alegremente.)

As meninas   As minhas festas, papai, as minhas festas!...

Arruda   Irra! Leva de rumor! Que festas?

A senhora   É natural o pedido, Arruda! São tuas filhas, e hoje é véspera de Natal!...

As meninas   As minhas festas! As minhas festas!

Arruda   (*Gritando.*) Não há! Irra! E deixem-me, que hoje estou com os meus azeites! Para dar festas é preciso dinheiro, e eu não o tenho! Sabe Deus os prodígios que faço para vocês não morrerem à fome! Não! Vão lá para dentro! Deixem-me. (*As meninas saem cabisbaixas.*)

A senhora   Pois, Arruda, não dês festas à família, ficará para outra vez; mas é preciso dá-las à cozinheira, embora com sacrifício. Devemos fazer tudo por conservá-la. Olha que pelo preço não arranjamos outra que nos agrade tanto!

Arruda	Mas se não tenho dinheiro, como quer a senhora que eu dê festas à cozinheira? E se as der à cozinheira, tenho que dá-las também ao copeiro! O copeiro também as merece!
A senhora	Não digo o contrário.
Arruda	E à ama-seca, a Eulália?
A senhora	Essa não!
Arruda	Por que não? Ela é muito cuidadosa com o nosso Fifi... Digo-lhe mais: merece mais que os outros!
A senhora	Por quê? Só se for por ser bonitinha, mas eu não vivo de bonitezas!
Arruda	Não, senhora, é uma mulatinha carinhosa... bem comportada... limpa...
A senhora	Ora! É muito sapeca, gosta muito da rua, é tão boa como as outras! É uma das mais desmazeladas que temos tido, e não é tão carinhosa com a criança como tu pensas!
Arruda	Mas nem ela, nem a cozinheira, nem o copeiro me apanham vintém! Que época terrível a do fim do ano! Naturalmente não tardam por aí os meus inúmeros afilhados, para me pedirem as festas, sob o pretexto de me pedirem a bênção! O carteiro do correio já m'as pediu, por sinal que em verso! O lixeiro também! Olhe! (*Tira do bolso um cartão e lê:*)

O lixeiro pede festas,
Não lhe devem ser negadas;
Serve o freguês todo dia,
Já tem as pernas cansadas.
As festas do carroceiro
São as mais bem empregadas.

A senhora	Isso pediu ele a algum poeta que lho fizesse.
Arruda	O barbeiro não me pediu nada, mas lá está na loja uma caixa de música e uma salva com dinheiro! Que diabo! Não tenho vintém! Não tenho vintém!... Irra!...
A senhora	Retiro-me! Não gosto de te ver assim zangado! (*Sai. O Arruda fica só. Daí a pouco entra a ama-seca, mulatinha jeitosa, com o Fifi no colo. O Arruda fica logo com outra cara.*)
Eulália	As minhas festas?
Arruda	Aqui estão, benzinho; o seu velho não podia esquecer-se de você. (*Dá-lhe um pequeno embrulho.*) É um par de bichas de ouro.
Eulália	Vou dizer à patroa que foi meu padrinho que me mandou.

1906 e 1907

(Nos intermúndios do infinito, entre nuvens, 1906 agoniza;
1907 vai passando e para.)

1907	Quem sois vós, pobre velhinho,
	Que abandonado morreis,
	Tão gemebundo e mesquinho?
1906	Eu sou o mal-aventurado
	Mil novecentos e seis,
	Que estou pr'aqui atirado.
	Esperando pela morte,
	Que está custando a chegar!
	Se tu estás penalizado,
	Se te dói a minha sorte,
	Acaba de me matar!
1907	Matar-vos! Julgais acaso
	Que eu seja algum assassino?
1906	Tens razão... não faças caso...
	Sou velho e enfermo, reflete.
	Pareces-me um bom menino...
	Como te chamas, amor?
1907	Mil novecentos e sete.
1906	Que ouço! És o meu sucessor?
	Pois lastimo-te, criança!
	És agora uma esperança;
	Mais tarde o que eu sou serás.
	Por toda gente insultado,
	Trôpego, tonto, alquebrado,
	Como eu saí, sairás!
	Ano de luz e progresso,
	Fui o ano do Congresso!

1907	De que Congresso?...
1906	Do Pan-Americano! Que queres?
	A perda do Aquidabã,
	Ninguém, ninguém me perdoa,
	Velhos, meninos, mulheres!
	Tive eu a culpa? Essa é boa!
	Ninguém se lembra de que eu
	Não tive febre amarela;
	Se muita gente morreu,
	Quem a matou não foi ela!
	Fui um ano de banquetes,
	Luminárias e foguetes,
	Alegria universal!
1907	Há de vingar-vos a História!
1906	Para minha eterna glória,
	Bastava-me o cardeal!
	Mas, mesmo, eu desconfio,
	Que são capazes até
	De atribuir-me o insucesso
	Da peça do João do Rio!
	(*Desesperado.*) Dá-me um trompázio,
	eu te peço. Esmaga-me com teu pé!

1907	Sossega!...
1906	Pobre rapaz!
	Aonde cheguei chegarás!
	Vejo-te alegre, chibante,
	Leve, guapo, saltitante,
	Mas ouve – fala o Evangelho:
	Um dia chegas também,
	Que neste mundo o ser velho
	Não se perdoa a ninguém...

(Dá meia-noite, 1906 estrebucha e morre. Ouvem-se ao longe rumores de festa. É a recepção de 1907.)

SENHORITA

(Diálogo entre Dodoca e Joaninha.)

Dodoca — Ó Joaninha! Estava morta por encontrar você!...
Joaninha — Por quê, Dodoca?
Dodoca — Porque, como você é muito instruída, eu queria saber a sua opinião sobre o grande assunto que atualmente se debate na imprensa!
Joaninha — Qual?
Dodoca — O tratamento que nós devemos ter.
Joaninha — Nós quem?
Dodoca — Nós, moças solteiras. Devemos ser meninas, *mademoiselles*, doninhas, senhorazinhas, senhorinhas ou senhoritas? Qual é a sua opinião?
Joaninha — Eu lhe digo. Não gosto de menina. Houve lá em casa uma criada portuguesa que só me chamava "a menina" Joana, e esse tratamento me soava muito mal ao ouvido.
Dodoca — Naturalmente! Ora, "a menina" Joana!... Até parece que é outra pessoa, que não é você!
Joaninha — Todas as vezes que algum dos nossos elegantes me dirige um *mademoiselle*, acho-o supinamente ridículo.
Dodoca — Você está comigo!
Joaninha — E num dia em que certo jornal me chamou *demoiselle* fiquei deveras ofendida.

Dodoca	Naturalmente.
Joaninha	Quando me dizem "dona", sinto-me envelhecer.
Dodoca	Realmente, o "dona" só nos assenta depois que nos casamos, e por isso mesmo, deixe lá. Joaninha (*com um suspiro*), é o tratamento que, no fundo, mais nos agrada!
Joaninha	Antes de casadas, poderíamos ser "doninhas", diminutivo de "donas", mas se fôssemos "doninhas", os rapazes quereriam ser sapos.
Dodoca	Para nos fascinarem...
Joaninha	Assim pois, como "senhorinha" e "senhorazinha" são desgraciosos, o melhor é "senhorita". É delicado e sonoro.
Dodoca	Mas dizem que não é português...
Joaninha	Se não é, fica sendo. E não é português por quê? Se "senhorita" não é português, também o não são "mosquito", "palito" e outros diminutivos em *ito*, como, por exemplo...
Dodoca	Periquito.
Joaninha	Não, Dodoca, "periquito" não é diminutivo.
Dodoca	Perdão, Joaninha; você está enganada; "periquito" é diminutivo de "papagaio".

FÉ EM DEUS OU OS ESTRANGULADORES DO RIO
(Epílogo)

(O teatro representa a mesma taverna em que termina a peça. Cena única. Bianca, Luigi e o taverneiro.)

Bianca	Estou bem arranjada! Agora que Bertuccio, meu noivo, foi estrangulado... que Paolo, meu futuro cunhado, também o foi... que Roque, meu protetor, foi preso... que Barletto, que me amava, também o foi... que será de mim?
Luigi	Pois não estou eu aqui?
O taverneiro	E eu?
Bianca	*(A Luigi.)* Tu, pobre criança, que poderás fazer pela tua Bianca? E que destino te espera, também a ti, no Rio de Janeiro? Com certeza vais ser engraxate ou vendedor de jornais!
Luigi	*(Sombrio.)* É verdade.
O taverneiro	A menina, se quiser, pode ficar cá em casa, servindo aos fregueses. Dou-lhe um pequeno ordenado, casa, cama, comida, roupa lavada e o resto.
Bianca	Agradecida. A sua casa não me inspira confiança.
O taverneiro	Nesse caso, ponha um anúncio pedindo a proteção oculta de um cavalheiro...
Bianca	Senhor, eu sou uma rapariga honesta! Respeite o meu infortúnio!...

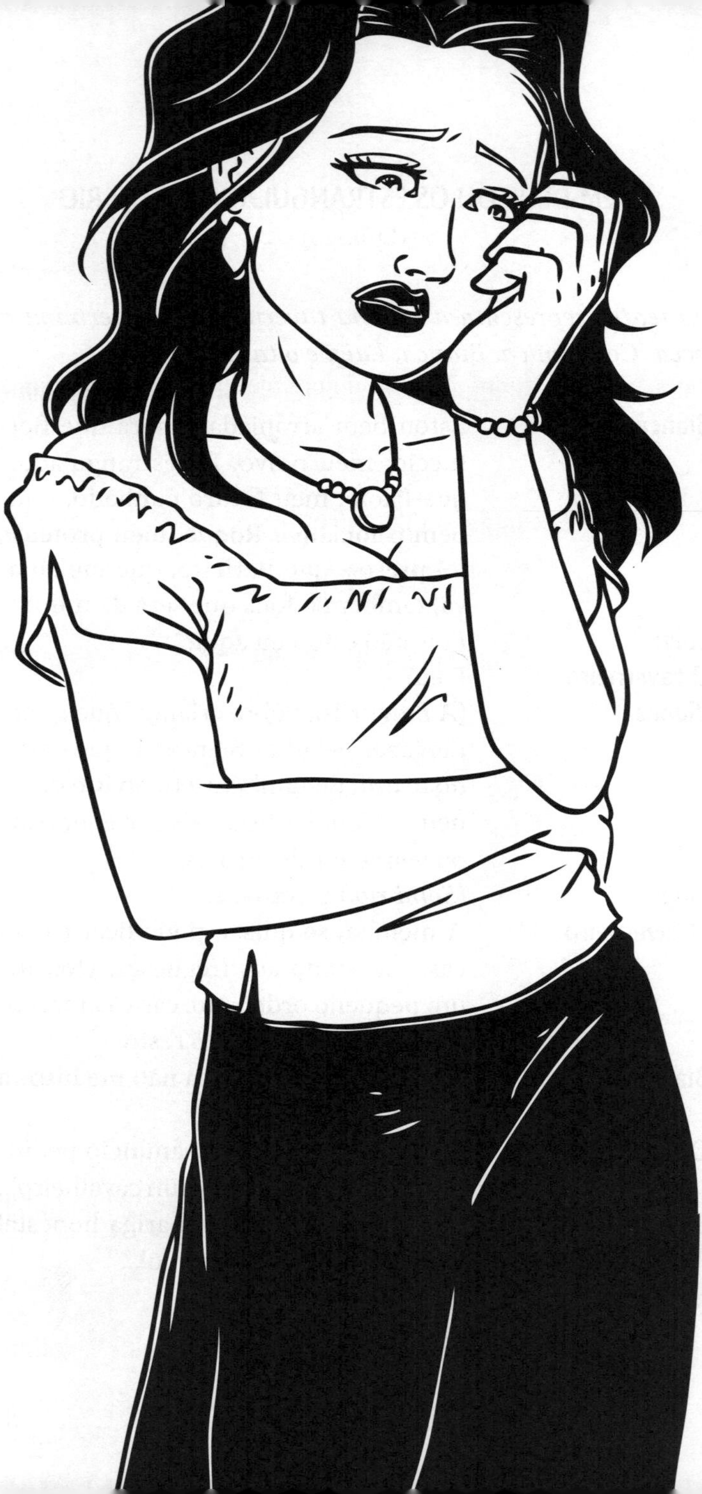

O taverneiro	Respeito, sim, senhora, mas receio que, com essa falta de iniciativa, a menina acabe na rua Senador Dantas.
Luigi	Bianca, uma ideia. Vai ter com o senhor Fuoco, dono da joalheria da rua da Carioca. Ele foi quase teu tio; és quase da família. Talvez te acolha!
Bianca	Não, não quero ser pesada a ninguém!
O taverneiro	Nesse caso, vá ao consulado italiano.
Bianca	(*Chorando.*) Não sei, não sei o que faço, meu Deus! (*Erguendo as mãos num gesto desesperado.*) Oh! Doutor Ataliba! Doutor Ataliba!
O taverneiro	Quem é o doutor Ataliba?
Bianca	O autor da peça. A esse homem é que competia dar-me um destino qualquer, quando mesmo outro não fosse senão este! (*Tira um punhal e mata-se.*)
Luigi e o taverneiro	Oh! Céus! Que horror!...

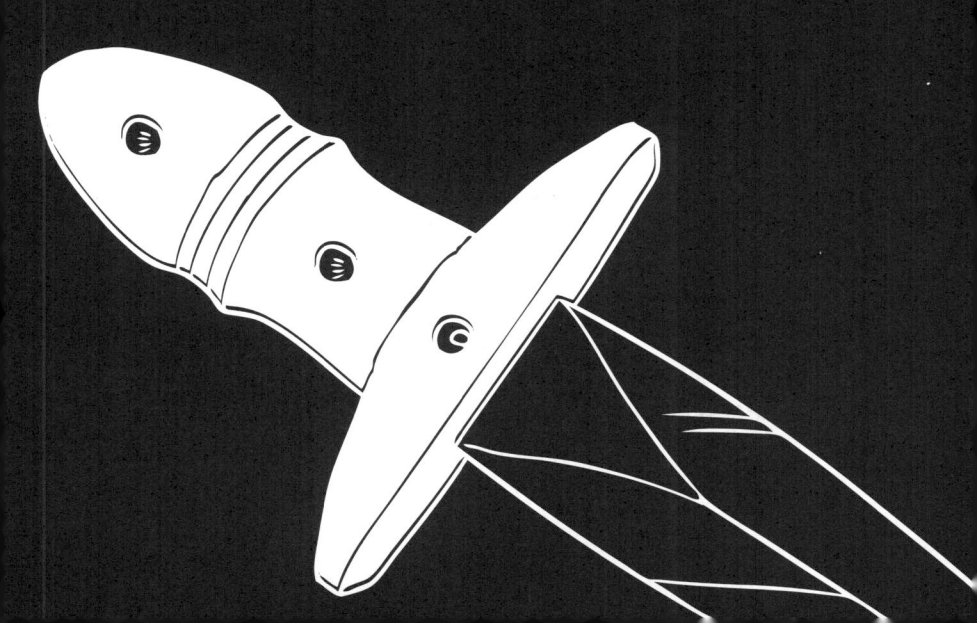

O CASO DO DOUTOR URBINO

(Numa rua qualquer. O doutor Mata encontra-se com o doutor Eça.)

Doutor Mata	Ó colega! Como vai isso?
Doutor Eça	Deixe-me! Estou contrariadíssimo! Acaba de me morrer nas mãos um doente que eu não julgava perdido! Nunca passei um atestado com tanto desgosto!...
Doutor Mata	Coração à larga, colega! Se nós nos devêssemos incomodar por causa dos doentes que nos morrem nas mãos, estávamos bem aviados! Olhe, ainda ontem me aconteceu o mesmo, e com uma agravante: o genro da defunta disse-me nas bochechas que o tratamento foi errado [e] lhe matei a sogra!
Doutor Eça	Que desaforo!
Doutor Mata	Eu tinha motivo para estar mais aborrecido que o colega.
Doutor Eça	Cada qual tem seu temperamento.
Doutor Mata	Mudando de conversa, que me diz do *habeas corpus* do Urbino?
Doutor Eça	Ora, que hei de dizer? Digo que este país está perdido!
Doutor Mata	Não direi tanto, que diabo! Não expulsarem do país um homem que fez pouco da autoridade constituída!
Doutor Eça	Não, isso não era caso de expulsão.
Doutor Mata	Um criminoso de mortes, banido da pátria!...

Doutor Eça	Também só por isso eu não o expulsaria. Ele é criminoso lá, não aqui. Matou, dizem que matou, é verdade; mas, francamente, colega, aqui onde ninguém nos ouve: se expulsassem do Rio de Janeiro todos os médicos que têm mortes na consciência...
Doutor Mata	O Rio de Janeiro ficaria com meia dúzia de médicos.
Doutor Eça	Entre essa meia dúzia o colega.
Doutor Mata	E o colega.
Ambos	(*Ao mesmo tempo.*) Muito obrigado, não há de quê.
Doutor Eça	Mas, afinal, se acha o colega que o Urbino não devia ser expulso por ter desacatado a autoridade, nem por ter sido condenado pelos tribunais de seu país, por que acha então que o deveriam expulsar?
Doutor Mata	Pela concorrência que nos vem fazer!
Doutor Eça	Parece-lhe?
Doutor Mata	Se me parece? Ora, Eça! Uma concorrência espantosa!... Então agora, com o reclame que lhe fizeram! Verá como ele vai ter o consultório mais cheio que o do Abel Parente!

QUERO SER FREIRA!

(O senhor Nogueira tem entrado da rua, e conversa com dona Águeda, sua mulher.)

Dona Águeda	Sabes de uma grande novidade, Nogueira? Nossa filha quer entrar para o convento de Santa Teresa!
Nogueira	Dize-lhe que faz mal; que entre antes para o da Ajuda.
Dona Águeda	Por quê?
Nogueira	Porque está na avenida Central. Deve ser mais divertido. Pode ver o presidente quando for ao palácio Monroe.
Dona Águeda	Não gracejes. Diz ela que está resolvida a tomar o véu. Já lhe pedi que se esquecesse disso, mas não há meio de lhe tirar semelhante ideia da cabeça!
Nogueira	Para o que lhe havia de dar!
Dona Águeda	Depois que leu nos jornais a notícia da tomada de véu da filha do doutor Lourenço da Cunha, anda toda mística, tem êxtases, e creio até que lhe aparece Jesus Cristo quando ela está sozinha.
Nogueira	Olha, não vá ver algum malandro!
Dona Águeda	Por esse lado, descansa.

Nogueira	Dize-lhe que para o convento só entram as mulheres que nada mais esperam do mundo. Tu, por exemplo, que de vez em quando embirras comigo e dizes: "Maldita a hora em que me casei!", tu farias bem se para lá fosses e me deixasses em paz. Eu pagaria com muito prazer o dote e o lanche aos convidados e representantes da imprensa.
Dona Águeda	Oh, Nogueira! Pois tens ânimo de me dizer isso a mim, tua esposa?
Nogueira	Subirias muitos furos: serias esposa de Cristo.
Dona Águeda	Prefiro ser mulher do Nogueira. Mas não se trata de mim, trata-se de nossa filha. Ela teve um grande desgosto quando te opuseste ao seu casamento com o Vieirinha.
Nogueira	Então, como não tomou estado, toma o véu! Ela que tome juízo!
Dona Águeda	Fala-lhe.
Nogueira	Fala-lhe tu, que és mãe.
Dona Águeda	Fala-lhe tu, que és pai. Olha, ela aí vem. (*Entra Luísa, de penteador branco, soltos os cabelos, os olhos baixos.*)
Nogueira	Então, menina, que é isso? Preferes "soror" a "senhorita"? Tua mãe disse-me que queres ir pra o convento. (*Pausa.*) É exato? (*Luísa não responde e ergue os olhos ao céu.*) Então? Responde!...
Luísa	(*Com voz arrastada à Sarah Bernhardt.*) Quero ser freira!

67

Nogueira	A tua vontade será feita, mas não imaginas como isso me contraria, e então agora, que melhor informado sobre as qualidades do Vieirinha...
Luísa	(*Vivamente.*) Hein?
Nogueira	Disse-lhe hoje que ele seria teu marido...
Luísa	Papai consente?
Nogueira	Consentiria, se não quisesse ser freira.
Luísa	Que freira que nada! Eu só seria freira se me não casasse com ele!
Nogueira	Pois bem! Serás esposa do Vieirinha!
Dona Águeda	E antes do Vieirinha que de Cristo!
Nogueira	Apoiado! Mesmo porque o Cristo, tendo que aturar tantas esposas, um dia acaba por perder a paciência!

A DOMICÍLIO

(Na sala de jantar. Dona Mariana e Quinota, sua filha, cosem. Entra Faustina, a copeira.)

Faustina	Patroa, está aí um *home* que quer falar com a senhora.
Dona Mariana	Comigo? Eu não tenho negócios!
Faustina	Diz que é coisa de muita importância.
Dona Mariana	Não gosto de receber visitas do sexo masculino quando meu marido não está em casa.
Quinota	Receba, mamãe; quem sabe se não é seu Gustavo, que vem me pedir?
Faustina	Não, seu Gustavo não é, que eu conheço ele. É um *home* já maduro.
Dona Mariana	Talvez o pai do rapaz... Enfim... diz-lhe que entre. (*Faustina sai.*)
Quinota	Oh, mamãe, aqui para a sala de jantar!
Dona Mariana	Que tem isso?
Quinota	Um homem que a senhora não sabe quem é!...

Dona Mariana	Por isso mesmo. Querias tu que eu me metesse na sala de visitas com um desconhecido, e, de mais a mais, não estando teu pai em casa?
Oliveira	(*Aparecendo à porta do corredor.*) Dá licença, minha senhora?
Dona Mariana	Faça o favor de sentar-se e dizer o que pretende.
Oliveira	O motivo que me traz é muito reservado, minha senhora.
Dona Mariana	Não tenho segredos para minha filha. (*À copeira.*) Vai lá para dentro, Faustina! (*Faustina sai e fica espreitando à porta.*)
Oliveira	(*Em tom confidencial.*) Minha senhora, eu sou banqueiro de bichos. A polícia persegue-me, de modo que não posso fazer jogo no meu estabelecimento. Mas resolvi servir à freguesia a domicílio, e como sei que o bicho é muito apreciado em vossa casa...
Dona Mariana	Ora em minha casa!... Em todas as casas!
Oliveira	(*Tirando uma carteirinha e um lápis.*) Venho receber as ordens de Vossa Excelência.
Dona Mariana	Não sei se devo...
Quinota	Jogue, mamãe! (*A Oliveira.*) Tome nota de dois mil-réis no gato por mim.
Oliveira	(*Escrevendo.*) "Casa número 42. Menina, gato, dois mil-réis." (*A Dona Mariana.*) E Vossa Excelência?

Dona Mariana	Dois mil-réis no macaco e dez tostões no coelho.
Oliveira	(*Escrevendo.*) "Idem, senhora, macaco, dois mil-réis, coelho mil-réis." Muito bem! (*Guardando cinco mil-réis, que lhe dão as senhoras.*) Virei em pessoa trazer o dinheiro, caso Vossas Excelências acertem. Às vossas ordens, minhas senhoras. (*Vai saindo.*)
Faustina	(*Aparecendo.*) Olhe, seu *home*, bota-me estes duzentos réis no cavalo. (*Dá-lhe um níquel.*)
Oliveira	(*Escrevendo.*) "Idem, criada, cavalo, duzentos réis." Até logo. (*Sai.*)
Quinota	Que bom! Podemos jogar todos os dias!...

SONHO DE MOÇA

(No quarto de dormir. A senhorita acaba de deitar-se.)

A mucama	O carnaval esteve bom, Nhanhã?
A senhorita	Muito bom!
A mucama	Que sociedade foi a melhor?
A senhorita	Os Tenentes.
A mucama	Levava muitas mulheres bonitas?
A senhorita	Muitas, sim; bonitas, não. Uma delas trazia os seios quase de fora... uns seios deste tamanho... Parecia uma ama de leite! Acredita que eu faria melhor figura naquele carro alegórico!
A mucama	Nhanhã!... Que ideia!
A senhorita	Que ideia por quê? Eu sou mais bonita do que aquela mulher, as minhas formas são mais graciosas, o meu corpo mais belo... por que ela há de ser levada em triunfo, como uma deusa, e eu hei de ficar no canto de uma janela, escrava da família e do preconceito?
A mucama	Não fale assim, Nhanhã!...

A senhorita	Falo, sim! Deixa-me falar! A vida é aquilo... é o prazer, o luxo, a ostentação, a loucura! Aquelas mulheres gozam, e eu, qual será a minha sorte? Casar-me, encher-me de filhos, nem ao menos sair à rua, a perder a minha mocidade e a minha beleza! Esta noite com certeza vou sonhar que estou no alto de um carro alegórico, dentro de uma concha de ouro, atirando beijos à população, que me aplaude em delírio! Mas amanhã... que triste despertar! Lá está a máquina de costura que me espera! Oh! Que vida insípida, meu Deus! Que vida insípida, e como tenho ímpetos de abrir as asas e voar!
A mucama	Está bem, Nhanhã, durma, que é melhor. A senhora está muito agitada...
A senhorita	(*Adormecendo.*) Oh! O carnaval!... o triunfo... a loucura... (*Adormece.*)

A ESCOLHA DE UM ESPETÁCULO

(Diálogo entre marido e mulher.)

Mulher	Fazes-me um favor?
Marido	Dize.
Mulher	Leva-nos hoje ao teatro.
Marido	Que ideia a tua! Há muito tempo que não vamos a espetáculos! A última peça que vimos foi *O conde de Monte Cristo*. Já lá vão dois anos.
Mulher	Não é por mim; é pelas meninas; prometi-lhes que, se elas me dessem aquele vestido pronto sexta-feira, eu te pediria que nos levasses domingo ao teatro. Domingo é hoje.
Marido	Enfim... Mas a que teatro querem vocês ir?
Mulher	A qualquer. Escolhe tu.
Marido	Cá está o Jornal. Vejamos. (*Lendo os anúncios do teatro na quarta página.*) Procuremos em primeiro lugar o São Pedro, que é o teatro mais próprio para famílias... Bonito! Não há espetáculo no São Pedro... Vejamos o Lírico... Também não há espetáculo no Lírico.
Mulher	Vê o Apolo.
Marido	Também não há espetáculo no Apolo.
Mulher	Vê o São José.
Marido	Também não há espetáculo no São José.
Mulher	Vê o Lucinda.
Marido	Só há matinês.

Mulher	Não gosto de matinês.
Marido	Representa-se o *Macaco*.
Mulher	Também não gosto de macacos.
Marido	Só nos resta o Recreio – sim, porque naturalmente não irei levá-la ao Palace Théâtre, nem ao Moulin Rouge, nem à Maison Moderne...
Mulher	Que há no Recreio?
Marido	Dois espetáculos, em matinê e à noite.
Mulher	Já disse que não quero matinê.
Marido	Nem eu as levaria a uma peça que se intitula *O homem das tetas*.
Mulher	E qual é a peça da noite?
Marido	Adivinha.
Mulher	Dize.
Marido	*O conde de Monte Cristo!*
Mulher	Ora sebo! A mesma que vimos há dois anos!
Marido	É o único espetáculo! O melhor é adiarmos a festança... A que estado chegou o teatro no Rio de Janeiro!
Mulher	Pudera! Se há tanta gente que faz como nós!...

ASSEMBLEIA DOS BICHOS
(Cena fantástica)

Um galo	(*Num grupo de galinhas.*) Sabem, meninas? Acabam de fundar uma Sociedade Protetora dos Animais.
Uma galinha	Pois sim, mas qualquer dia torcem-me o pescoço e preparam-me de cabidela.
Um peru	Estou aqui, estou assado!
O galo	Desse susto não bebo água!
Uma franga	Pudera! Se não fossem vocês, galos, não havia ovos nos galinheiros.
Um capão	E eu, que podia ser galo e sou capão? Já se viu maior maldade! Ah! Que se eu pilhasse um homem a jeito, para alguma coisa havia de servir o meu bico!
Um cão	A graça é que dizem por aí que o cão é o animal mais protegido pelo homem. Esquecem-se da carrocinha da prefeitura...
O galo	Pois sim, mas a carrocinha é para os cães vagabundos...
O cão	Isso quer dizer que a carrocinha é para os cães desprotegidos.
O papagaio	Nós, papagaios, só temos uma razão de queixa: é ensinarem-nos a falar. É tão desagradável para um bicho parecer-se com um homem!
O macaco	Cala-te daí! Se nós, os macacos, não nos parecêssemos com os homens, não escaparíamos à caçarola!

Um pássaro	E nós, os pássaros? Ou matam-nos a tiros, ou metem-nos em gaiolas, onde, sem ter feito mal a ninguém, ficamos presos por toda a vida!
O galo	Quando algum gato não nos põe as unhas...
Um gato	Se julgas que os gatos são felizes... Não há cozinheiro de casa de pasto que não nos persiga.
Um porco	E eu, que tenho a desgraça de ser gostoso?
Um sapo	Os sapos não são gostosos; matam-nos pelo prazer de matar.
Um boi	De todos os animais da criação, o mais digno de lástima é o boi. Antes de ser boi é farpeado na praça de touros, e quando deixa de ser touro, ou vai para a lavoura ou para o matadouro! Até falei em verso!...

Uma vaca	E a pobre vaca? Leva a fornecer leite à humanidade, e quando se lhe secam as tetas, comem-na!
O burro	A mim não me convém, pelo menos aqui, mas trabalho que nem... Que asneira! Ia a dizer que nem um burro!... Trabalho muito, e quando não posso mais trabalhar, abandonam-me, e morro de fome!
O cavalo	O mesmo me acontece, e dizem que sou o mais nobre dos animais! Tive um colega que fez brilhante figura no Quinze de Novembro e, depois de puxar um tílburi da praça, morreu faminto entre os varais de uma carroça!
O galo	Isto de proteção dos animais é uma história! E as pulgas? Os percevejos?...
Um mosquito	E os mosquitos? Pois se até inventaram os mata-mosquitos!
Um rato	Mas nenhum de vocês tem, como eu, a cabeça a prêmio! Pagam duzentos réis por cada rato que levam à Saúde Pública!
O galo	Não há animal que não seja vítima do homem, e isso de proteção é uma hipocrisia.
O burro	Sim, não seria nenhum de nós que se lembrasse de fundar uma Sociedade Protetora dos Homens...

SEM DOTE

(Em seguimento à comédia *O dote*)

(Gabinete modestamente mobiliado. Henriqueta, vestida com muita simplicidade, escreve. Ângelo fuma.)

Ângelo	Que estás a escrever?
Henriqueta	A nota das nossas despesas deste mês. Estamos a 31. Sabes? Alcancei uma diminuição sobre a do mês passado, porque vi que era tolice gastarmos açúcar de primeira, quando o de segunda é tão bom.
Ângelo	Não é por aí que vai o gato aos filhos.
Henriqueta	Para o mês que vem, a redução será maior. Achei um armazém que vende a lata de banha por três mil-réis. Até agora temo-la comprado por três mil e quatrocentos réis. Um despropósito!
Ângelo	Como estás poupada! Quem te viu e quem te vê!
Henriqueta	Ah! Meu amigo, a lição foi tremenda! Quando me lembro que, por causa dos meus desperdícios, estivemos quase um mês separados!
Ângelo	Não falemos mais nisso. Não te vais vestir?
Henriqueta	Para quê?
Ângelo	Pois não vais à modista?
Henriqueta	Não, resolvi só mandar fazer o meu vestido quando receberes uma boa bolada.

Ângelo — Mas, minha filha, vê lá! Não vás agora cair no defeito contrário! Não te dei aquela fazenda para ficar guardada! Olha que pode sair de moda!

Henriqueta — Pois saia! Que me importam as modas? Hoje, para mim, não há sacrifício maior que o sair de casa. Só vivo para ti e para nosso filho, o nosso Rodriguinho.

Ângelo — Onde está ele?

Henriqueta — No jardim, em companhia de Pai João, brincando com o carrinho que lhe mandou o padrinho.

Ângelo — Rodrigo não se esquece do afilhado.

Henriqueta — *(Que continua a fazer as suas contas.)* Tu não achas que podemos dispensar a salada todos os dias? Olha que isto nos obriga a gastar uma garrafa de azeite por semana!

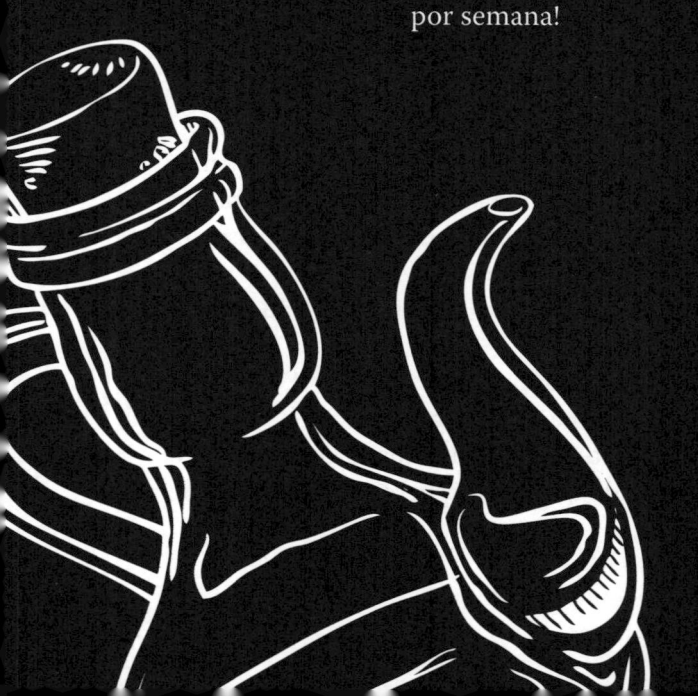

Ângelo	Isso é lá contigo, mas olha que eu gosto muito de salada.
Henriqueta	Também eu, mas é tão caro o azeite! Uma ideia: experimentemos o azeite português, que é mais barato.
Ângelo	Prefiro o francês.
Henriqueta	Nesse caso, o melhor é comermos salada um dia sim e outro não.
Ângelo	Como queiras. (*Consigo.*) Henriqueta vai-se tornando ridícula com sua economia exagerada... Estou quase com saudades do outro tempo!
Henriqueta	Como éramos lesados quando eu não fazia a conta das despesas! O cozinheiro roubava-nos trinta por cento nas compras! (*Vindo ao marido e afagando-o.*) Que doidinha era eu!
Um automóvel	(*Passando na rua.*) Fom-fom.
Henriqueta	(*Pensativa.*) Fom-fom! Quando me lembro que te pedi um automóvel!

CONFRATERNIZAÇÃO

(O jornalista X, em casa, rodeado por suas filhas.)

Primeira filha	Que pena ter-se ido embora o Roca! Acabaram-se as festas!...
Segunda filha	Papai foi muito bonzinho, pois nos levou a todas elas!
O jornalista	Menos ao baile das Relações Exteriores, porque seria preciso gastar uma fortuna só em toaletes; mas não creiam, meninas, que eu as levasse às festas só por divertimento.
Terceira filha	Então por que foi, papai?
O jornalista	Levei-as às festas por ser bom brasileiro e querer que o meu país viva em boa harmonia com as nações limítrofes.
Quarta filha	Limítrofes, gosto.
O jornalista	A confraternização sul-americana é a pedra angular do edifício da nossa civilização.
Primeira filha	Papai já disse isso mesmo pelo jornal.
Segunda filha	Eu achava muita graça quando nas festas papai gritava com toda a força dos seus pulmões: "Viva a República Argentina".
O jornalista	Gritava e gritarei todas as vezes que puder! Os meus pulmões estão ao serviço da minha pátria!...
Terceira filha	Mas deixe lá, papai! Agora que o Roca já cá não está, confesse que o senhor não simpatiza lá essas coisas com os argentinos!...

O jornalista

Não simpatizo como particular, mas como jornalista simpatizo, isto é, como reconheço que a confraternização americana etc., finjo que simpatizo. E vocês, meninas, devem antipatizar com eles, mas pelo meu sistema, quero dizer, de modo que eles não saibam nem desconfiem. Cá em família, digo deles cobras e lagartos, mas no jornal trato-os nas palminhas.

As filhas

Viva a confraternização sul-americana!

O RAID

(Numa venda. O vendeiro, seu Zé, está cercado de malandros.)

Zé	Agora, meus amiguinhos, toca a safar, que são horas! Quero fechar a porta!
Primeiro malandro	Ó seu Zé, você que sabe tudo, me diga o que é *Raid*?
Zé	*(Bocejando.)* É pr'aí uma coisa.
Segundo malandro	*(Mulato prosa, violão debaixo do braço.)* Que coisa que nada! Em primeiro lugar deve-se dizer *reide*, porque a palavra é hipoteticamente inglesa, como *funding loan*,[6] *high-life*[7] e *taxômetro*.
Primeiro malandro	Mas o que eu quero saber é o que é *reide*!
Zé	*(Ao segundo malandro.)* Vamos! Você, que é o João das Regras cá da esquina, explique-se!
Segundo malandro	Aquilo é hipoteticamente um concurso hípico.
Zé	Hípico vá ele! Épico! Épico é que é!
Segundo malandro	Quem disse hípico foi seu tenente Secundino! Você quer saber mais que ele? É um concurso de cavalo.
Zé	Então não é hípico nem épico: é equestre.

6. *Funding loan* é como ficou conhecida a política econômica voltada à dívida externa brasileira e levada a cabo pelo presidente Campos Sales.
7. Alta sociedade.

Segundo Malandro — É pra se ver qual é o animal mais incongruente... isto é... que aguente uma boa estafa.

Zé — Ora, tire o cavalo da chuva! Pois se o concurso é dos cavalos, como é que são premiados os cavaleiros?

Terceiro malandro — (*Encachaçado, abrindo os olhos e metendo-se na conversa.*) Seu Zé, você é uma besta! Para que os cavalos precisam de prêmios?

Primeiro malandro — Já sei; aquilo é assim a modo de uma coisa como quem diz pra se saber quais são os oficiais do Exército que não caem de cavalo magro.

Zé — É mais uma história que eles inventaram para gastar dinheiro!

Segundo malandro — Pois você não vê que a tropa deve estar montada! É uma questão de hermenêutica para quando houver guerra!

Zé — Quando houver guerra, é pôr uma farda às costas dos *badios*,[8] como vocês, e deixar em paz os cavalos! Vamos, rua, que são horas de fechar a porta.

Terceiro malandro — Seu Zé, você é uma besta!

---

8. Equivalente a vadios (variação popular).

DEPOIS DAS ELEIÇÕES

(Na rua encontram-se o Marcondes e o Sousa.)

Marcondes	Então, Sousa? Não dizias que a tua eleição era certa, certíssima?
Sousa	E era! Eu teria sido eleito...
Marcondes	... se não fosses derrotado – boa dúvida!
Sousa	Não é isso: eu teria sido eleito, se não houvesse fraude. Fui roubado, escandalosamente roubado!...
Marcondes	Dize antes a verdade: a tua candidatura não tinha a menor probabilidade de êxito; eras um candidato de bobagem. Quais foram os teus elementos?
Sousa	Os meus bons desejos, a minha seriedade, a minha honradez, o meu passado...
Marcondes	Ora o teu passado! O passado, passado! Isso não vale nada, quando não se tem por si um partido, um grupo ou mesmo um homem!
Sousa	Por que não uma senhora!
Marcondes	Uma senhora, dizes bem... ou antes, uma mulher. Mas querer subir neste país sem outros degraus que não sejam os do próprio merecimento é o mesmo que pretender trepar no céu por uma escada de corda!

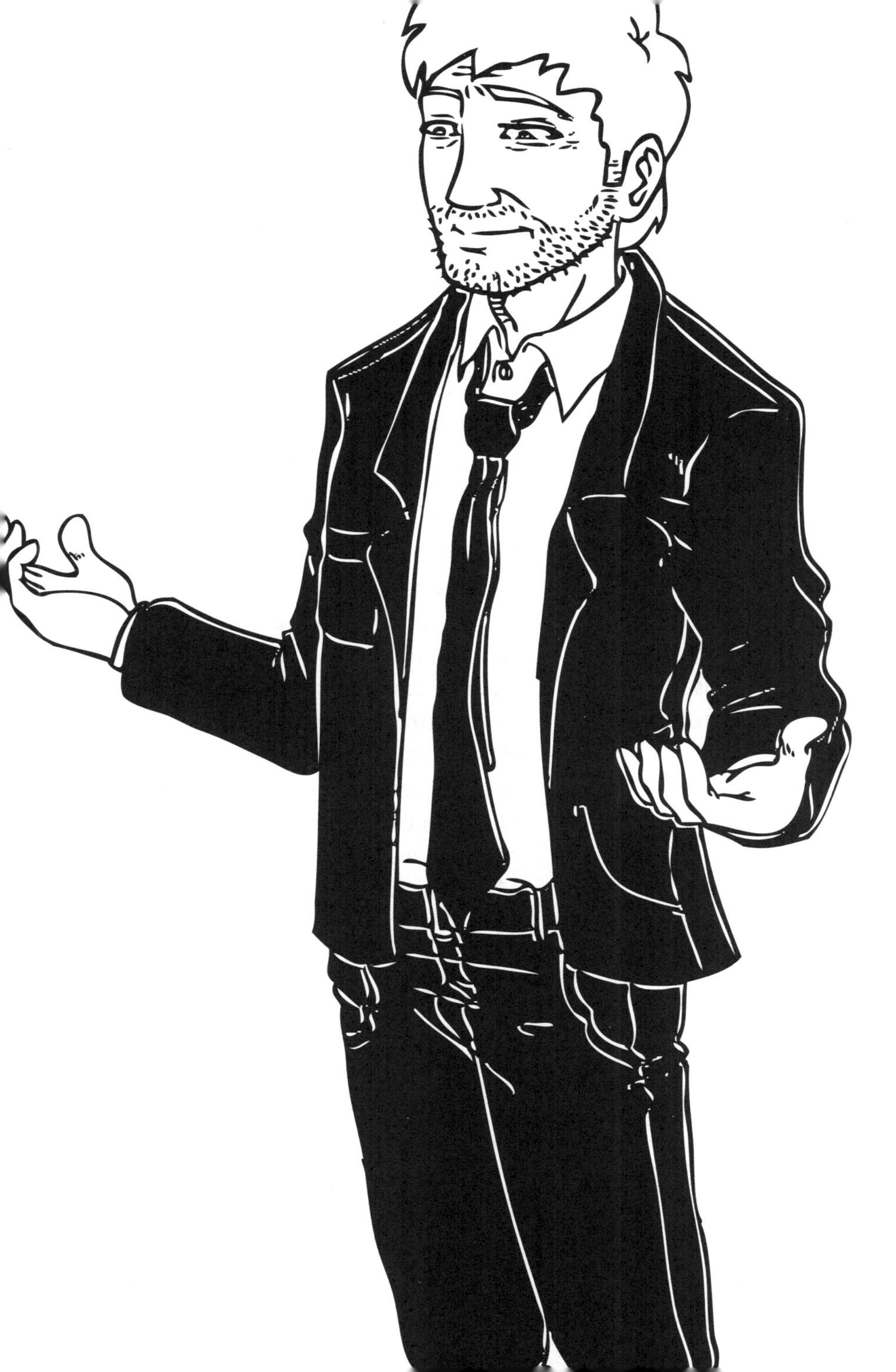

Sousa	Pois deixa que te diga: fiquei surpreso da pequena votação que tive. Confesso que esperava mais. Quando apresentei a minha candidatura, havia um ponto negro no horizonte...
Marcondes	O Monteiro Lopes?
Sousa	Não! O Coisa, uma das figuras mais influentes do distrito, que estava mal comigo; mas eu procurei-o, fizemos as pazes, e ele prometeu que faria tudo por mim.
Marcondes	És um ingênuo! Pois ainda te fias em promessas dessa gente? Se queres ser eleito, chega-te a boa árvore. Não é alusão ao Pinheiro.
Sousa	Agora é tarde.
Marcondes	Como tarde? Nunca é tarde para ser eleito! Tu tens sempre alguma votação...
Sousa	Sim, mas estou em vigésimo lugar.
Marcondes	Queiram eles, e passarás para o primeiro. A coisa é tecer os pauzinhos.
Sousa	Mas... o povo...
Marcondes	Ora, vai-te catar! O povo! És um simplório, e nunca serás coisa nenhuma nesta vida!

SULFITOS

(Em casa do doutor Gambrino, que está numa cadeira, melancólico e triste. José, o seu criado, vem ter com ele.)

José	Que é isso, patrão? Que tem? Por que está triste?...
Gambrino	Pois não sabes da desgraça?
José	Que desgraça?
Gambrino	No Laboratório Municipal de Análises descobriram que a minha querida cerveja é um veneno!
José	Deveras?
Gambrino	Cada litro tem cem miligramas de ácido sulfuroso anidro. José, tu sabes o que é ácido sulfuroso anidro?
José	Não, senhor.

Gambrino	Nem eu, mas deve ser um veneno terrível!
José	Não haverá engano?
Gambrino	Não há engano possível. A reação de Boedeker... José, tu sabes o que é reação de Boedeker?
José	Não, senhor.
Gambrino	Nem eu, mas diz que é a reação característica dos sulfitos.
José	Ah! Bom! Agora já sei; não há nada como explicar as coisas.
Gambrino	Pois bem, a reação de Boedeker não admite dúvidas. Já não se trata da reação do hidrogênio nascente. É a reação definitiva. A minha pobre cerveja está completamente desmoralizada.
José	E nesse caso a venda vai ser proibida?
Gambrino	Naturalmente! Pois hão de consentir que vendam uma cerveja que tem sulfitos? Eu já não a quero nem de graça!...
José	Pois é pena, porque ainda aí estão umas três dúzias de garrafas!
Gambrino	Três dúzias? Que me dizes? Vai buscar uma garrafa, José!
José	Pois o patrão quer envenenar-se?
Gambrino	Quero despedir-me da minha pobre cerveja. Demais, até hoje os sulfitos nunca me fizeram mal, e não há de ser agora que... Anda, José! Vai buscar uma garrafa! É a última!
José	(*À parte.*) A última! Pois sim! Quem não te conhecer...

POLÍTICA BAIANA

(Sala de jantar. O doutor está sentado numa cadeira de balanço, meditabundo. Sua esposa, dona Carlota, e sua filha Iaiá cosem ao pé uma da outra e afastadas dele.)

Iaiá	Mamãe, por que é que papai está tão calado e pensativo?
Dona Carlota	Sei lá, minha filha, sei lá, aquilo deve ser coisa da política baiana.
Iaiá	Por quê?
Dona Carlota	Porque teu pai só fica assim quando há barulho na Bahia.
Iaiá	Mas que tem ele com isso? Papai não vive na política!
Dona Carlota	Mas é baiano.
Iaiá	Talvez seja outra coisa. Pergunte-lhe, mamãe.
Dona Carlota	Deus me livre! Bem sabes que teu pai, quando tem estas crises, fica furioso se lhe falam!
Iaiá	Experimente. Quem sabe se não lhe sucedeu contrariedade séria? Estou com pena dele!
Dona Carlota	Queres ver se não é o que te digo? (*Levantando-se e aproximando-se do marido, com meiguice.*) Eleutério! (*Ele não responde.*) Eleutério! (*Nada; ela insiste.*) Eleutério!
O doutor	(*Erguendo a cabeça com mau modo.*) Deixa-me! Não me aborreça mais do que estou!

Dona Carlota	Que tens tu?
O doutor	Que tenho eu? Pois tu ignoras o que eu tenho? É assim que te interessas por mim?
Dona Carlota	Meu Deus! Aconteceu-te alguma coisa?
O doutor	Não! Não me aconteceu nada! Vai-te embora!
Dona Carlota	Mas não vês que eu fico aflita?
O doutor	Que aflita, que nada! Se eu te disser o motivo que me contraria, pões-te a rir!
Dona Carlota	Eleutério, ainda não me viste rir de ti!
O doutor	Tu és frívola, não entendes nada de política.
Dona Carlota	Nem quero entender!
O doutor	Aí tens! E eu, que me esbofo para alcançar uma posição, para deixar um nome aos meus filhos! Anda! Some-te daqui!
Dona Carlota	Mas ao menos dize-me...
O doutor	Ó mulher, pois tu não sabes da terrível notícia? No Brasil inteiro não se fala noutra coisa!
Dona Carlota	Mas que foi?
O doutor	Que foi? Pergunta ao copeiro, à cozinheira, ao homem do lixo! Todos sabem! Só tu ignoras!
Dona Carlota	Mas que foi, Eleutério? Aguças-me a curiosidade!
O doutor	O Severino cortou relações com o José Marcelino, ora aí tens!
Dona Carlota	E depois?

O doutor	E depois?... Ó mulher, pois tu querias ainda mais?
Dona Carlota	É só isso? (*Com uma gargalhada.*) Ah! Ah! Ah!...
O doutor	Então? Eu não disse que te rias?...
Dona Carlota	Querias que eu chorasse?
O doutor	Antes isso!
Dona Carlota	Sabes que mais? Não sejas tolo! Que graça! Por causa do Severino e do José Marcelino assustar a família!...
O doutor	(*Erguendo-se furioso.*) Tu és estúpida, mulher! Pois não compreendes que o Bloco...
Dona Carlota	Estúpido és tu com o teu Bloco!
Iaiá	(*Erguendo-se e intervindo.*) Então, que é isso? Papai! Mamãe! Agora, porque brigaram o Severino e o José Marcelino, não vão brigar também!

A CERVEJA

(Quarto de dormir. Apesar de serem já três horas da madrugada, o Ventura chega à casa entre as dez e as onze: está que não se pode lamber. A senhora, que dormia, desperta, porque ele pisa alto, bate com as portas e esbarra nos móveis.)

A senhora	De onde vens tu neste belo estado?
Ventura	Não tenho que dar explicações! Venho de onde venho! Bebi muita cerveja, ora aí está! E agora? (*Começa a despir-se.*)
A senhora	Pois não juraste nunca mais beber cerveja?
Ventura	Sim, porque só bebia Brahma, e a Brahma tinha sido condenada... Mas hoje compareceu o novo júri e foi absolvida!

A senhora	Que história de júri é essa? Não dizes coisa com coisa?
Ventura	Descobriu-se que o La... La... Labora...
A senhora	(*Ajudando-o.*) Laboratório.
Ventura	Municipal de Análises não tinha razão... fez grossa patifaria... (*Vai puxar uma perna da calça, dá com o braço num jarro que está sobre o lavatório, fá-lo cair com grande estrépito e quebrar-se.*)
A senhora	Valha-me Deus!...
Ventura	Está reconhecido que a Brahma é inofensiva... A notícia desta vitória foi festejada com uma bebedeira monumental! (*Atira-se na cama.*)
A senhora	Vai dormir noutra parte! Não podes ficar aqui!
Ventura	Por quê?
A senhora	Porque não estás em estado de dormir comigo!
Ventura	Não sejas tola!
A senhora	Sais ou não sais?
Ventura	Não!
A senhora	Nesse caso, saio eu! (*Quer levantar-se; o marido segura-a por um braço.*)
Ventura	Fica, diabo!
A senhora	Não! Não fico!...
Ventura	Ah, não ficas? Então, toma! (*Esbordoa-a.*)
A senhora	(*Depois de apanhar muita pancada.*) Meu Deus! E dizem que a Brahma é inofensiva!...

HIGIENE

(Na sala de jantar do Sousa, no momento em que este vai sentar-se à mesa com sua esposa, dona Candinha. O Madureira aparece à porta do jardim. É um sujeito escanifrado e lívido. Dir-se-ia um defunto ambulante.)

Sousa — Ó Madureira, bons ventos te tragam! Há quanto tempo não nos aparecias! Olha, chegaste em boa ocasião: vamos agora mesmo para a mesa! Candinha, manda pôr mais um prato e um talher para o nosso Madureira! Ora o Madureira! Senta-te, Madureira! Um guardanapo, Candinha! *(Sentam-se todos à mesa.)*

Madureira — Confesso que vim papar-te o jantar. No Rio de Janeiro não há o que se coma senão em casa dos amigos. Não tenho confiança nos hotéis. Estou com uma fome de três dias! *(Recusando um prato de sopa que dona Candinha lhe oferece.)* Sopa? Deus me livre! Pois vocês são do tempo em que se tomava sopa?

Sousa — Um jantar sem sopa não é jantar.

Madureira	Nada! O Chapot Prévost disse-me que a sopa só serve para dilatar o estômago! Dispenso-a. (*Sousa e dona Candinha tomam a sopa. O copeiro traz outro prato.*)
Sousa	Olha, esta fritada de ostras está com boa cara.
Madureira	Ostras?! Mas vocês enlouqueceram? Não comam ostras!...
Sousa	Por quê?
Madureira	Podem estar envenenadas!
Sousa	Deixa-te disso, e come.
Madureira	Nem coberta de ouro.
Dona Candinha	A fritada está deliciosa!
Madureira	Não duvido, mas não como ostras! Nada, que meu pai não faz outro!
Sousa	Então espera pelos bifes. Temos hoje bifes de panela!
Madureira	Também não como carne de vaca. Foi uma recomendação especial do defunto Benício.
Dona Candinha	Deste modo o senhor não janta!
Madureira	Paciência! (*O copeiro traz os bifes.*)
Sousa	Ao menos comes as batatas?
Madureira	Um farináceo? Boas! Olhe o que diz dos farináceos o Rocha Faria!
Dona Candinha	Ah! Agora o senhor não tem comido nada, nem mesmo pão!
Madureira	O pão é coisa que dilata o estômago. O Crisciúma disse-me que não comesse pão senão bem tostado.
Sousa	Nesse caso, atira-te a estas linguiças!

Madureira	(*Dando um pulo na cadeira.*) Linguiças! Livra! (*O Sousa e dona Candinha assustam-se.*) Pois vocês não viram que a prefeitura consentiu que um fabricante de linguiças abatesse o gado rejeitado pela diretoria de higiene? Pois vocês querem comer carne de animais tuberculosos? Com efeito! A isto é que se chama vontade de morrer!
Sousa	Ao menos bebe! Prova deste vinho.
Madureira	O Miguel Couto proibiu-me o uso do álcool.
Dona Candinha	Prefere cerveja?
Madureira	Cerveja? Depois do que tem havido?!
Sousa	Mas que diabo! O Laboratório...
Madureira	Pelo sim, pelo não, o melhor é não beber cerveja, mesmo porque essa é a opinião do Barbosa Romeu.
Sousa	Pois, meu velho, nada mais tenho que te ofereça.

Dona Candinha	Só temos carne assada.
Madureira	Comam, não se importem comigo, já estou habituado a não comer. (*O Sousa e dona Candinha comem em silêncio as linguiças e depois o assado.*)
Sousa	Bem! Agora à sobremesa! Temos aqui geleia inglesa.
Madureira	Também não como disso. Sei lá como são feitos esses doces! Não meto no estômago nada dessas coisas que vêm do estrangeiro em latas.
Dona Candinha	Aceita uma laranja?
Madureira	Laranjas neste tempo? Boas! Deviam ser proibidas!
Sousa	(*Depois da sobremesa.*) Ao menos uma xícara de café.
Madureira	Foi moído em casa?
Dona Candinha	Não.
Madureira	Então não vai... não tenho confiança... andam agora a misturá-lo com milho... Depois, o Daniel de Almeida é contra café... (*Cai desmaiado no chão.*)
Dona Candinha	Meu Deus!
Sousa	Não te assustes, não é nada, é fome.
Dona Candinha	Mas este homem com semelhante dieta é capaz de morrer!
Sousa	Deixá-lo! Ao menos morre de perfeita saúde.

A VINDA DE DOM CARLOS

(Diálogo entre o senhor Manuel e o senhor Joaquim num banco da avenida Central.)

Manuel	Ó Joaquim, então sempre é certo que dom Carlos vem ao Rio de Janeiro?
Joaquim	Parece; pelo menos foi convidado e aceitou o convite.
Manuel	Pois olha, eu nunca pensei que isto sucedesse.
Joaquim	Por quê?
Manuel	Por causa da república.
Joaquim	Que tem Judas com as almas dos pobres? Pois não viste que o dom Carlos foi à França, que é também república?
Manuel	Pois sim, mas a república brasileira baniu dom Pedro II, que era tio dele!
Joaquim	E a francesa expulsou o conde de Paris, pai de dona Amélia e, portanto, sogro de dom Carlos. Isso não quer dizer nada.
Manuel	Não entendo assim. Se eu fosse dom Carlos só viria ao Brasil com uma condição.
Joaquim	Vejamos o que vai sair desse bestunto! Vamos lá! Qual era a condição?
Manuel	Trazer comigo os restos mortais do imperador.
Joaquim	Nessa não caia ele!
Manuel	Por quê?

Joaquim	Porque todas as atenções se voltariam para o defunto, que continua vivo no coração de muita gente. Ninguém se importaria com o rei.
Manuel	Isso é verdade.
Joaquim	Depois, a recepção do rei deve ser alegre e a do imperador, fúnebre. Como se conciliariam as duas recepções? De um lado a marcha de Chopin e do outro o *Hino da carta*!
Manuel	Isso não, porque o rei poderia desembarcar num dia e o imperador ser desembarcado no outro.
Joaquim	Ora aí está! Desse modo tudo se resolveria!
Manuel	Também quando chegou a família real, a rainha dona Maria I não veio para a terra no mesmo dia em que desembarcou o príncipe regente.
Joaquim	Mas dona Maria I não estava morta.
Manuel	Pior do que isso: estava doida. Ora! Verás que entusiástica será a entrada de Dom Carlos no Rio de Janeiro.
Joaquim	Quanto mais se fosse...
Manuel	Onde?
Joaquim	Em Barcelona!

UM LUÍS

(Casa pobre. Estão em cena dona Maria e sua filha Mariquinhas.)

Mariquinhas	Com efeito! Papai, ao que parece, ficou a bordo do *Amazone*.
Dona Maria	Naturalmente o príncipe convidou-o para jantar.
Mariquinhas	Ó mamãe! Não diga isso! Então papai, que não é nada, havia de jantar com o príncipe?
Dona Maria	Então teu pai não é nada? Teu pai é um poeta!
Mariquinhas	Antes fosse outra coisa! Por isso falta tudo nesta casa!
Dona Maria	Falta, porque teu pai não é republicano! Quisesse ele!...
Mariquinhas	Pois ganhou muito com ser monarquista! De que servem tantas poesias que fez ao imperador, à imperatriz e à princesa?

Dona Maria	Suas Majestades davam-lhe sempre alguma coisa todas as vezes que ele os cantava. O único da família imperial que nunca lhe deu nada foi o Conde d'Eu. Hoje teu pai levou ao príncipe uns versos que fez ontem à noite.
Mariquinhas	Ora graças! Aí vem papai! (*Entra o poeta e atira-se numa cadeira.*)
Dona Maria	Como estás pálido! Querem ver que não almoçaste? (*Sinal negativo do poeta.*) Não?
O poeta	Não!
Dona Maria	Então Sua Alteza não deu de almoçar aos monarquistas?
O poeta	Quando o paquete entrou, passava de meio-dia. Já não eram horas de almoçar. Dom Luís não ofereceu nada. Não quis, talvez, que dissessem que ele vinha com ideias de restaurar...
Dona Maria	Então nada? Nem um biscoito?
O poeta	Nada!
Dona Maria	E a tua poesia?
O poeta	Guardou-a sem a ler.
Dona Maria	Não te deu nada?
O poeta	Nada! Tal qual o Conde d'Eu! Pedi-lhe vinte francos.
Dona Maria	Oh! Que fizeste?
O poeta	Pois querias que eu lhe pedisse dez mil-réis? Ele com certeza não tinha moeda brasileira.
Dona Maria	Não é por isso, é pela vergonha...

O poeta	Eu amenizei a coisa. Disse-lhe: "Vossa Alteza tem a bondade de me dar uma moeda de vinte francos?" Ele perguntou: "Para quê?" Respondi-lhe: "Vossa Alteza não desembarca, mas eu quero ter a satisfação de levar um luís para a terra!"
Dona Maria	E trouxeste-o?
O poeta	Qual! Sua Alteza disse-me que não tinha dinheiro. "Estou tão quebrado", acrescentou ele, "que em Dakar me atirei n'água para ganhar cinco francos!" Tal qual o Conde d'Eu...

O CASO DAS XIFÓPAGAS

(Em casa do Maia, que lê tranquilamente os jornais em companhia de sua mulher, dona Belmira.)

Dona Belmira	(*Dando um salto.*) Então? Eu bem dizia!
O Maia	Que é?
Dona Belmira	Morreram as xipófagas!
O Maia	Xifópagas!
Dona Belmira	Morreram ambas! Quero crer que estas horas o Chapot Prévost esteja preso!
Maia	Preso por quê?

Dona Belmira	Por ter matado as pobres meninas!
O Maia	Não digas isso! O Chapot Prévost cumpriu o seu dever! Quis reparar um erro da natureza! Quis transformar um monstro em duas criaturas humanas! Foi infeliz? Paciência!
Dona Belmira	Ele matou ou não matou as xipófagas?
O Maia	Xifópagas.
Dona Belmira	Matou-as ou não?
O Maia	Não as matou: operou-as. Elas morreram da operação.
Dona Belmira	A operação foi tolice: cada um deve ser como Deus o fez.
O Maia	Então por que foi que mandaste extirpar aquele lobinho que tinhas na face? Por que usas dentes e cabelos postiços? Por que não te conservas como Deus te fez?
Dona Belmira	Você mete os meus dentes em tudo!
O Maia	Ainda bem que são os teus! Imagina que martírio deve ser o do xifópago! Não poder estar um momento sozinho, não ter segredos, viver eternamente com uma sentinela à vista! Faze de conta que nós éramos xifópagos!
Dona Belmira	Deus me livre!
O Maia	E a mim! Tu roncas tanto!
Dona Belmira	E você faz coisa pior.
O Maia	Não poderias queixar-te de mim aos vizinhos, como é teu costume!
Dona Belmira	Você não poderia fazer as suas bilontragens!

O Maia — Mas que asneira! Se fôssemos xifópagos, não poderíamos ser casados, porque seríamos irmãos.
Dona Belmira — Eu poderia casar-me com outro homem!
O Maia — Boas! Não me faltava mais nada senão consentir que na minha presença...
Dona Belmira — Você é um homem indecente! Leva tudo para o mal! Meu marido só se chegaria a mim quando você estivesse dormindo.
O Maia — E quando estivesse longe, podia ter a certeza de que o não enganavas, porque estavas sob minha guarda.
Dona Belmira — Bom! Mudemos de conversa.
O Maia — Mesmo porque nada temos que invejar aos xifópagos.
Dona Belmira — Por quê?
O Maia — Pois não somos tão agarradinhos um ao outro?
Dona Belmira — Pois sim! Já se foi o tempo!
O Maia — (*Consigo.*) O diabo é não haver um Chapot Prévost para esta espécie de xifopagia...

AS PÍLULAS DE HÉRCULES

Quadro 1

(Em casa do Simplício, que acabou de almoçar e está pronto para sair; já tem o chapéu na cabeça e guarda-chuva na mão. Dona Angélica, sua mulher, aproxima-se dele.)

Dona Angélica	Simplício, tenho que te pedir um favor...
Simplício	Vai dizendo.
Dona Angélica	Vamos hoje ao Palace Théâtre.
Simplício	O que vem a ser isso?
Dona Angélica	É o antigo Cassino Nacional da rua do Passeio.
Simplício	Nunca lá fomos!
Dona Angélica	Razão demais para lá irmos.
Simplício	Mas que ideia foi essa agora?
Dona Angélica	Eu te digo: está lá uma companhia italiana que representa as *Pílulas de Hércules*.
Simplício	As *Pílulas de Hércules*? Mas nós já vimos essa comédia em português. Por sinal que é uma grande bandalheira!
Dona Angélica	Não é pela peça que desejo lá ir contigo.
Simplício	Então por que é?
Dona Angélica	O anúncio diz que cada espectador receberá à entrada uma caixinha com as verdadeiras pílulas de Hércules.
Simplício	(*Arregalando os olhos.*) Hein?
Dona Angélica	Pode ser que essas pílulas te fizessem bem...
Simplício	Deve ser pilhéria.

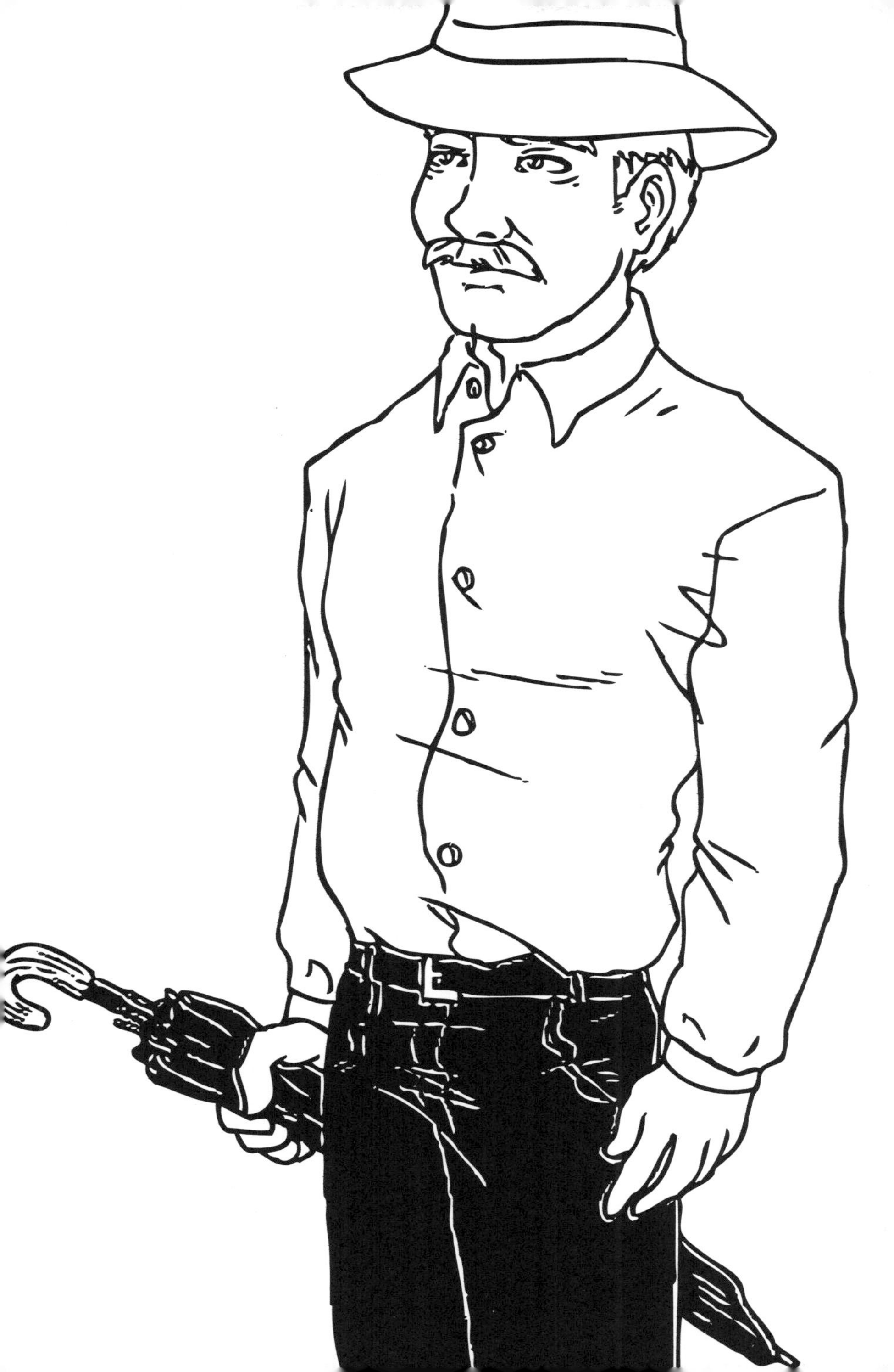

Dona Angélica	Não creio. Não se faz pilhéria em anúncios de teatro.
Simplício	Se fosse exato...
Dona Angélica	Então? Decide-te!...
Simplício	Pois está dito! Vamos ao tal... Como é mesmo?
Dona Angélica	Palace Théâtre.
Simplício	Se as pílulas fossem realmente das tais... mas duvido. E vai ver que são falsificadas!
Dona Angélica	Quem sabe? Não custa experimentar...
Simplício	Vou comprar duas cadeiras para o espetáculo. Até logo! (*Dá um beijo em dona Angélica e sai.*)

Quadro 2

(No dia seguinte pela manhã.)

Simplício	Que te dizia eu? Foram dez mil-réis deitados fora!
Dona Angélica	(*Limpando uma lágrima.*) Eu estava tão esperançada!...
Simplício	Hoje em dia não se pode ter confiança em drogas: falsificam tudo!

ENTRE PROPRIETÁRIOS

(O Santos e o Melo encontram-se numa rua qualquer.)

Santos — Como vai essa católica, seu Melo?
Melo — Vamos indo, seu Santos; vamos indo conforme Deus é servido.
Santos — Como se comportam os inquilinos?
Melo — Menos mal; já estamos em junho e este ano tive que fazer apenas cinco despejos.
Santos — Isso que é para quem tem sessenta prédios?
Melo — Antes não os tivesse!
Santos — Ora essa! Por quê?
Melo — Antes houvesse empregado o meu rico dinheiro em apólices! Aquilo rende pouco, mas ao menos um homem está com o espírito sossegado.
Santos — Não diga isso! O prédio é ainda e será sempre o melhor emprego de capital. Olhe, eu cá não me queixo.
Melo — Pois gabo-lhe a pachorra. Depois que se meteu em cabeça a esses malucos embelezarem o Rio de Janeiro (como se o Rio de Janeiro não fosse uma teteia!), não ganho para os sustos!
Santos — Deixe lá! Não é tanto assim! Eles incomodam os proprietários, mas valorizam a propriedade.
Melo — Pois sim, mas olhe agora o projeto do tal Nery Pinheiro que quer acabar com as casas térreas!

Santos	Pois isso o prejudica?
Melo	Se me prejudica? Nada, uma brincadeira! Pois se eu não tenho senão casas térreas.
Santos	Passando a lei, só terá sobrados!
Melo	Seria uma bela coisa, e eu não me queixaria, se os sobrados fossem levantados à custa dos cofres municipais.
Santos	Ora essa! Era o que faltava!
Melo	Que diabo! Se eles querem embelezar a cidade, embelezem-na com o seu dinheiro e não com o meu!
Santos	O mais que a municipalidade poderá fazer, se o proprietário não quisesse ou não pudesse levantar o sobrado, era levantá-lo ela e ficar com ele para si; o proprietário seria dono apenas do pavimento térreo.
Melo	E o terreno, seu Santos?
Santos	Que terreno? Em cima não há terreno. O terreno ficava com o proprietário.
Melo	E o proprietário com o terreno que já era seu. Ora boa-noite! Que ganhava ele com isso?
Santos	Ele nada ganhava, mas ganhava a cidade. E o proprietário tinha, pelo menos, duas compensações: podia vender as telhas à municipalidade, que precisava delas para cobrir o sobrado, e ficava com a certeza de que não lhe havia de chover em casa.

Melo	Parece que você quer zombar de mim! Pois vá para o diabo e mais o tal Nery Pinheiro!
Santos	Podia ser pior, seu Melo!
Melo	Como assim?
Santos	Imagine que esse ilustre intendente, em vez de propor que as casas térreas se transformassem em sobrados, propunha que os sobrados se transformassem em casas térreas!
Melo	Nesse caso era você quem dava o cavaco...
Santos	Sim, porque só tenho sobrados.
Melo	Por isso!

UM APAIXONADO

(Em casa do Teles, que, sentado à mesa de jantar, faz contas a lápis num pedaço de papel. Dona Gabriela, sua esposa, trata dos arranjos da casa.)

Teles — Ó Gabriela?
Dona Gabriela — Que é?
Teles — Quanto nos resta naquela caderneta da Caixa Econômica?
Dona Gabriela — Muito pouco; não chega a cem mil-réis.
Teles — Serve. Vai buscar a caderneta. (*Dona Gabriela obedece. Teles examina a caderneta.*) Tem oitenta mil-réis, fora os juros. Serve.
Dona Gabriela — Vais tirar todo o dinheiro da caixa?
Teles — (*Sem responder.*) Quanto deram aquelas tuas bichas no prego?
Dona Gabriela — Oitenta mil-réis.
Teles — Só?
Dona Gabriela — E o Monte de Socorro não dava mais de sessenta.
Teles — Tudo serve. Passa para cá as bichas.
Dona Gabriela — (*Trazendo as bichas, com lágrimas na voz.*) Vais tornar a empenhar as minhas bichas?
Teles — As tuas bichas e também o meu relógio, que dá cinquenta mil-réis. Aí temos já uns duzentos mil-réis. Serve.
Dona Gabriela — Mas que é isto?... Um aperto?...
Teles — Um grande aperto. Dize-me cá: aquele teu anel de brilhantes dá quanto?

Dona Gabriela	Também o meu anel?
Teles	Vamos! Responde!...
Dona Gabriela	Dá cem mil-réis.
Teles	Serve. Vai buscá-lo. (*Fazendo as suas contas.*) Bom, já temos trezentos mil--réis; com cem, que o Banco dos Funcionários vai-me emprestar, serão quatrocentos. Não preciso mais de trezentos e oitenta e quatro.
Dona Gabriela	Mas que aperto é esse? Fomos penhorados?
Teles	Não.

Dona Gabriela — Que foi então? Dize-me!
Teles — Oh, filha! Pois não adivinhas?
Dona Gabriela — Não.
Teles — Tu sabes que a minha paixão é o teatro, mas o bom teatro, o teatro com artistas de primeira ordem...
Dona Gabriela — E então?
Teles — Pois ignoras que está a chegar a Duse?
Dona Gabriela — Sim, já ouvi dizer.
Teles — Os empresários anunciam preços de arrancar couro e cabelo! Cada assinatura de cadeira para doze récitas custa cento e noventa e dois mil-réis!
Dona Gabriela — Credo! Virgem Santíssima!
Teles — E como eu não vou ao teatro sem te levar, preciso tomar duas assinaturas, isto é, tenho que escarrar ali, na Casa Davi, trezentos e oitenta e quatro mil-réis!
Dona Gabriela — Mas não achas que não vale a pena pôr joias no prego e pedir dinheiro emprestado para ver artistas, mesmo de primeira ordem?
Teles — Filha, a arte dramática antes de tudo! Eu seria capaz até de roubar, contando que visse a Duse!... *(Metendo as joias e a caderneta no bolso.) Me ne vado al prego!*[9] *(Sai e dona Gabriela chora.)*

---

9. Vou-me ao penhor.

MEU EMBARAÇO

(Monólogo)

Queridos leitores d'*O século*, hoje sou eu mesmo, em carne e osso (menos osso que carne), o protagonista de meu *Teatro*. Isto é um monólogo, um simples monólogo, que recito diante de vós, esperando que me desculpeis ocupar a vossa atenção com a minha insignificante pessoa. Mas... que hei de fazer? Há muitos dias não leio jornais, por falta absoluta de tempo: não sei o que se passa no mundo, nem no meu querido Rio de Janeiro. Foi demolido o Convento da Ajuda? Proclamou-se a república em Portugal? Ignoro! Estou no Hotel do Parque Balneário, em Santos – um sítio delicioso, que me dá a impressão da nossa Copacabana. Se sentei à mesa, escrevendo estas linhas, foi porque a chuva não me deixou sair de casa. A estas horas tinha eu que estar na garagem do Clube Internacional de Regatas, do outro lado da baía. Não chego para as encomendas. A amabilidade dos santistas não conhece limites. Ando aqui levado de carinho em carinho, que nem um oficial da Pátria,[10] e não disponho de um instante para escrever aos amigos, em cujo número incluo os meus leitores habituais. Já em São Paulo não era senhor de mim, aqui não sei aonde me vire, e há de me ser difícil encontrar expressões que traduzam palidamente o meu reconhecimento por tantos favores.

Ontem visitei a Santa Casa de Misericórdia, fundada por Brás Cubas, o fundador da cidade, no século XVI. Visitei igualmente o belo edifício manuelino do Real Centro Português e os clubes Éden e Quinze. Em toda a parte fui

---

10. Nome de uma corveta, um pequeno navio de guerra.

recebido com uma consideração que estou longe de merecer. Hoje tenho um almoço no City Club oferecido pelo Grêmio Dramático Artur Azevedo, e à noite, no Teatro Guarani, a representação do *Dote* pelos distintos amadores daquele Grêmio. (*Batem à porta.*) Quem é? (*Depois de ouvir o moço do hotel.*) É uma visita... Decididamente não há meio de escrever! Paro aqui. Vou mandar estas tiras ao patrão, doutor Brício Filho, e juízo terá ele se as atirar na cesta dos papéis inúteis.

DOIS ESPERTOS

(Diálogo entre dois portugueses com muitos anos do Brasil.)

Primeiro português Ó Antônio, parece que as coisas lá pela nossa terra estão feias!
Segundo português Qual, homem! Hás de ver que são mais as nozes do que as vozes!
Primeiro português Não! Desta vez o negócio é sério. Olha que o Dom Carlos já foi para bordo do *Dona Amélia*!
Segundo português Ora! O Lampreia já explicou tudo: o Dom Carlos anda a estudar oceanografia.
Primeiro português Mas ele não estudará o oceano pra pôr-se ao largo?
Segundo português Qual! Não creias na revolução.
Primeiro português Isso creio.
Segundo português Os republicanos têm deitado as manguinhas de fora, não há dúvida, mas aquele povo é muito monarquista. Não creias que proclamem a república em Portugal!
Primeiro português Estou contigo. O povo português não quer a república.
Segundo português E então?
Primeiro português Mas desconfia que o Dom Carlos a quer, e daí é que vem todo o barulho.
Segundo português Que estás tu aí a dizer, ó Manuel?

Primeiro português Pois então não viste que o Dom Carlos ultimamente tem se chegado aos republicanos? Há pouco tempo esteve em França, e foi visitado pelo Loubet; para o ano vem ao Brasil... O povo pensou lá com os seus botões que Portugal está aí, está republicano, e revolucionou-se. Ele não quer um presidente de república: o que ele quer é outro rei que sustente o trono.
Segundo português Homem, não deixas de pensar bem...
Primeiro português Olha, a mim ninguém me tira da cabeça que a coisa está combinada com o Clemenceau e o Rio Branco.
Segundo português Ó Manuel, tu és um alho!
Primeiro português Vai com o que te digo, Antônio: em Portugal só há um republicano...
Ambos É o Dom Carlos.

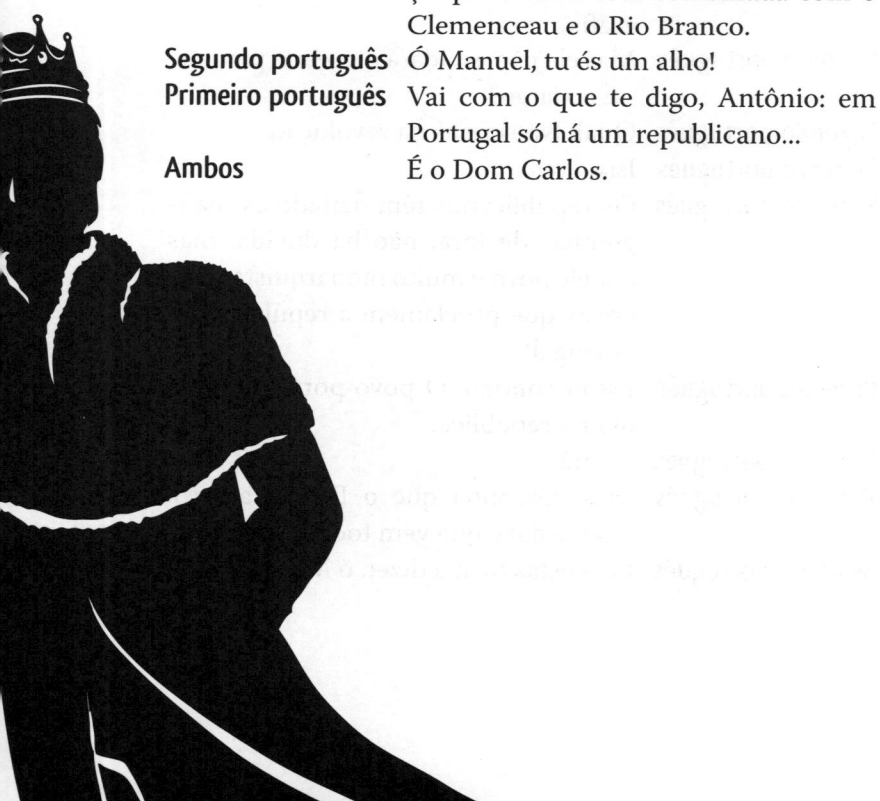

LIQUIDAÇÃO

(Numa casa de negócios. Silva e Sousa, os sócios da firma, conversam, aproveitando a ausência da freguesia.)

Silva	Você leu os jornais? Houve ontem mais um incêndio!
Sousa	É uma verdadeira epidemia!
Silva	E não há meio de acabar com isso!
Sousa	Ora aí tem você! Se nós não fôssemos honrados...
Silva	Que tem?
Sousa	Deitaríamos fogo no negócio. O seguro é de cinquenta contos e atualmente não temos em casa nem dez em fazenda...
Silva	Sim, mas isso é se não fôssemos honrados. Felizmente o somos.
Sousa	Ninguém diz o contrário, nem ninguém o diria depois que houvéssemos metido o dinheiro no bolso.

Silva	O momento não podia ser mais favorável: a família que mora no sobrado está toda em Caxambu e o nosso primeiro caixeiro despediu-se há dois dias.
Sousa	Pois sim, mas temos ainda o Agapito, que dorme na loja.
Silva	Despedi-lo-íamos.
Sousa	Seria um indício contra nós. A coisa era deitar fogo na casa e continuarmos a ser honrados... silêncio! Aí vem o Agapito.
O Agapito	(*Vindo do fundo do armazém.*) Eu queria pedir um grande obséquio aos senhores dois.
Silva	Diga!
Sousa	Fale!
O Agapito	Queria que me dessem licença para recolher-me hoje depois da meia-noite. Minha irmã casa-se em Niterói, e eu...
Silva	Vá. Vá ao casamento de sua irmã, mas não fique lá toda a noite. Não nos convém a loja sozinha. Não temos grande confiança na guarda-noturna.
O Agapito	Esteja descansado. Muito agradecido. (*Afasta-se.*)
Sousa	Parece que tudo concorre para tentar-nos.
Silva	Sabe que mais? Diabos levem escrúpulos! Nós podemos levar a vida toda a trabalhar, que jamais ganharemos quarenta contos!

Sousa	Mas é tão perigoso...
Silva	Qual perigoso, qual nada! Deixe tudo por minha conta. Há de ser hoje mesmo. Vá você para a chácara.
Sousa	Mas para deitar fogo à casa é preciso petróleo! Onde irá você buscá-lo sem despertar suspeitas?
Silva	Há muito tempo estou prevenido. Aquela caixa fechada, que tenho no escritório, e todos aqui supõem que é uma caixa de vinho, está cheia de garrafas de querosene!
Sousa	Mas se descobrem...
Silva	Qual descobrem, qual nada! Hoje às onze horas da noite não existirão senão as quatro paredes, e nós continuaremos a ser honrados.

MONNA VANNA

(Alcova de casados. Dona Isaura dorme. O Cardoso entra pé ante pé e deita-se ao lado dela. O enxergão geme. Dona Isaura desperta.)

Dona Isaura — Bonitas horas, Cardoso!
Cardoso — Demorei-me a cear. O espetáculo abriu--me o apetite.
Dona Isaura — Sabe Deus onde estiveste!
Cardoso — No teatro, filha! Pois onde havia de estar?
Dona Isaura — A que teatro foste?
Cardoso — Ao Lírico. Fui ver a Duse. Bem sabes que só vou a teatros onde se representem peças decentes.
Dona Isaura — E que peça viu você?
Cardoso — A *Monna Vanna*.
Dona Isaura — Monna?

Cardoso	Vanna. É um nome italiano.
Dona Isaura	Conta-me o enredo.
Cardoso	É muito simples. O primeiro ato passa-se numa cidade sitiada, cuja população está a morrer de fome: há falta de tudo. O general dos sitiantes manda dizer ao general dos sitiados que levantará o cerco, e nada faltará ao povo, se ele, general sitiado, lhe mandar a ele, general sitiante, sua própria mulher, porém nua.
Dona Isaura	Nua?!
Cardoso	Nua, sim!
Dona Isaura	A isso é que chamas peça decente?
Cardoso	O marido enfurece-se ouvindo essa proposta, mas o pai dele, que é filósofo, aconselha-o a sacrificar-se em benefício do povo.
Dona Isaura	E ele sacrifica-se?
Cardoso	Que remédio, coitado! Pois se são todos, inclusive a própria mulher, a pedir-lhe que ceda!

Dona Isaura	E ela vai?
Cardoso	Vai, e nuazinha, mas envolvida num manto. Também era o que faltava: a Duse nua! Creio que seria caso de fugir!
Dona Isaura	E depois?
Cardoso	A moral é salva; o general sitiante tem escrúpulos, e Monna Vanna volta para o marido tão pura com dantes.
Dona Isaura	Pura? Essa é que eu não engulo!
Cardoso	Nem o marido engoliu, e fez um turumbamba de todos os diabos!
Dona Isaura	E como acaba a peça?
Cardoso	Não sei, não pude perceber, mas creio que morrem todos!
Dona Isaura	Tudo isso é muito extravagante. Você era capaz de me mandar nua a alguma parte?
Cardoso	Conforme. Se eu fosse um general, um político, e a felicidade do povo dependesse disso...
Dona Isaura	Quê! Pois você deixava que sua mulher?...
Cardoso	Que remédio!
Dona Isaura	Não tinha pena de mim?
Cardoso	Por força havia de ter! Só o lembrar-me que o outro homem...
Dona Isaura	Não, não é por isso... é porque, se eu saísse nua, apanharia uma tremenda constipação.

AS RETICÊNCIAS

(Na sala de jantar da família Melo. A senhorita Dadá lê, num jornal, os anúncios do teatro; Mamãe cose; Papai não chegou ainda da repartição.)

A senhorita	Mamãe?
Mamãe	Que é minha filha?
A senhorita	A senhora já viu o título da peça que se representa no Lucinda?
Mamãe	Não, qual é?
A senhorita	*Sorte de...*
Mamãe	Como?
A senhorita	*Sorte de...* reticências.
Mamãe	Que título esquisito!
A senhorita	Estas reticências estão aqui em lugar de uma palavra. Que palavra será?
Mamãe	Como queres tu que eu saiba, se não conheço a peça?
A senhorita	Aí está uma coisa que me aguça a curiosidade! Não dormirei hoje sem saber o que querem dizer estas malditas reticências!

Mamãe	Olha, aí vem papai. Pergunta-lho.
Papai	(*Entrando.*) Ora muito boa noite. (*Beija a mulher e a filha.*)
Mamãe	Ó Melo, a Dadá estava à tua espera para lhe explicares o que quer dizer *Sorte de...*
Papai	*Sorte de...?*
Mamãe	Sim, *Sorte de...* três pontinhos; é o título de uma peça que se representa no Lucinda.
Papai	Ah! Já sei... *Sorte de...* (*À parte.*) Que entalação! (*Alto.*) Isso quer dizer... isso não quer dizer nada... É para não gastar papel que puseram ali aqueles três pontinhos... *Sorte de...* sorte de nada... sorte de coisa nenhuma... sorte de cacaracá! Isto é, nenhuma sorte; percebes?
A senhorita	Não, senhor.
Mamãe	Nem eu.
Papai	Pois bem, minha filha, ali há realmente uma palavra oculta mas uma palavra feia... uma palavra que tu não podes saber... foi por isso que a substituíram por três pontinhos...
A senhorita	Mas papai...
Papai	Não insistas! (*A Mamãe.*) Imagina que a tal palavra quer dizer... (*Diz uma palavra ao ouvido da Mamãe.*)
Mamãe	Que horror!

Papai — Vejam a que estado chegou o teatro no Rio de Janeiro! Já nem mesmo os títulos das peças podem ser explicados às senhoritas, quanto mais as próprias peças!

Mamãe — Não sei, realmente, onde vamos parar com tanta liberdade! (*À Senhorita.*) Papai tem razão, Dadá... Tu só poderás saber o que encobrem aquelas reticências depois que tiveres marido.

A senhorita — Pois sim! Quem me há de dizer é o primo Zeca...

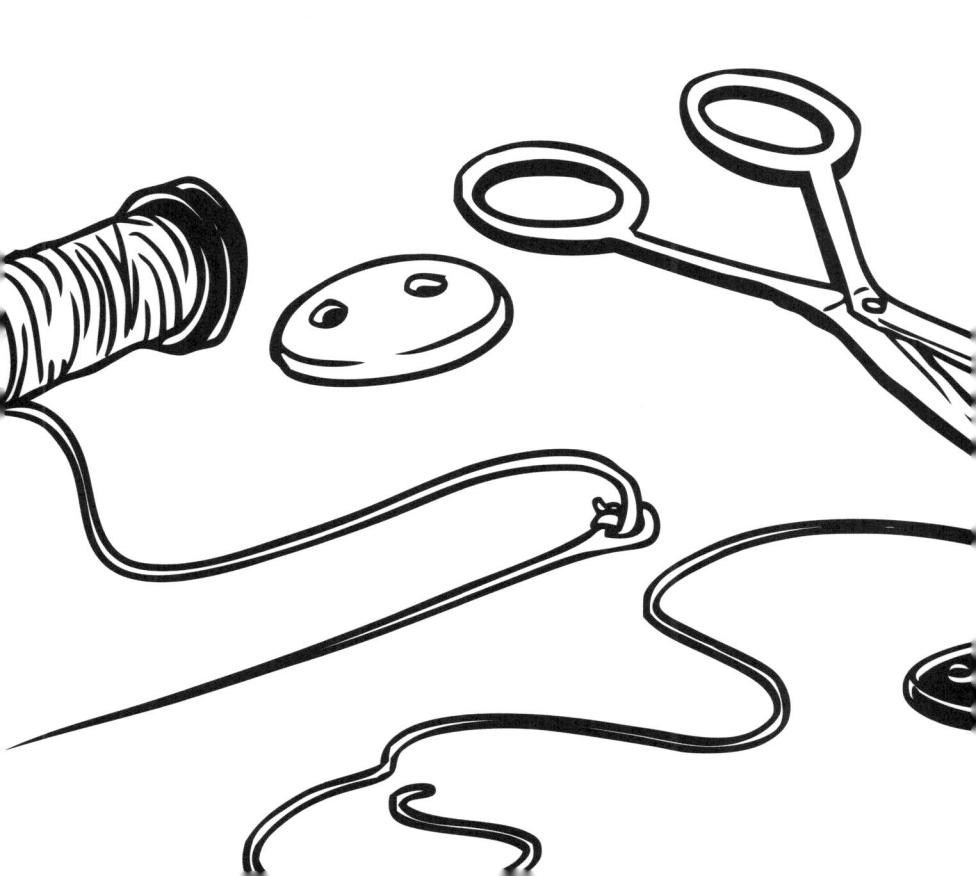

MODOS DE VER

(No fundo da venda do seu Zé. Nhá Chica prepara o almoço. Seu Zé extrai uma conta do borrador.)

Chica	Seu Zé?
Zé	Que temos?
Chica	*Vancê* leu no *Jorná do Brasi* aquela história do *home* da Vila *Isabé* que a amiga dele deu tiro de *revorve* nele?
Zé	Li. É uma doida.
Chica	Doida, não, seu Zé; o *home* deve *sê* de uma *muié* só!
Zé	Pois você não viu que ela era mais velha que ele?
Chica	Isso não *qué dizê* nada. Quando um *home* e uma *muié vive junto*, não há mais moço nem mais *véio*; todos dois *é* da mesma idade.
Zé	Isso diz você porque é mais velha do que eu. Se fosse mais nova, talvez cá não estivesse.
Chica	Eu não sei de nada; só sei que *cando vancê fizé* como o *home* de Vila *Isabé*, eu faço como a *tá* Sofia, dou um tiro em *vancê*.
Zé	E depois dá outro em si?
Chica	Não! Isso é que não faço, porque não sou tola.
Zé	Mas nesse caso você passará o resto da vida na cadeia.

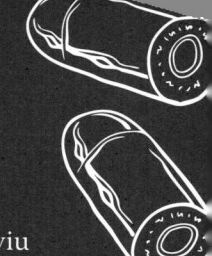

Chica	Júri me *absorve*.
Zé	Qual absolve, qual nada! Você já viu júri absolver preto? E quando o júri a absolvesse, você ficaria atirada pra aí, na miséria.
Chica	Isso é verdade.
Zé	Por isso o melhor que você tem a fazer é acabar com isto, antes que sinta necessidade de me dar cabo do canastro...
Chica	Como *acabá* com isto, seu Zé? Olhe que eu sou preta, mas tomara muitas brancas *tê* a minha procedência!
Zé	Não digo o contrário; mas você já um dia me deu a entender que tinha vontade de ir viver na roça com sua irmã. Pois bem; eu dou-lhe uma mala cheia de roupa, um conto de réis em dinheiro, pago-lhe a passagem, e você vai para a roça.
Chica	*Vancê* me dá tudo isso?
Zé	Dou e mais alguma coisa!
Chica	*Antão* eu vou! Mas *pruquê vancê qué* se *separá* de mim?
Zé	Porque tenho medo de morrer... estou ameaçado... e não respondo por mim...
Chica	Pois está dito! Vou pra roça! Aí está como se evita uma desgraça! Se o *home* da Vila *Isabé* tivesse feito como *vancê*, não levava o tiro.

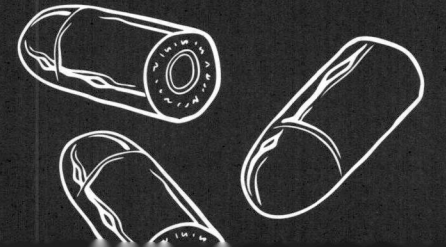

REFORMA ORTOGRÁFICA

(Numa barbearia do bairro da Saúde. O barbeiro mais sabichão que o céu cobre faz a barba a um freguês.)

O freguês	Ó seu Isidro, que vem a ser isso de ortografia da Academia de Letras?
O barbeiro	Pois não sabe? A Academia, que é uma sociedade de literatos com um *t* só, e dos melhores, quer simplificar a escrita. Por exemplo: *philosophia* tem dois *hh*; para quê? Você chama-se Affonso...
O freguês	Alto lá! Eu me chamo Joaquim.
O barbeiro	É uma hipótese sem agás. Você chama-se Affonso com dois *ff*. Pois não lhe basta um? Que vem a fazer aquele outro?
O freguês	Então não é melhor que as palavras se escrevam com todos os *ff* e *rr*? Qual o resultado prático dessa reforma?
O barbeiro	Trata-se de uma grande economia de tempo, tinta e papel.
O freguês	Ouvi também dizer que a tal Academia quer que se escreva Kiosque com *q-u-i, qui*...

O barbeiro	Sim, senhor! Kiosque e todas as palavras que eram escritas com *k*. Essa letra já não existe no alfabeto sem *h*: a Academia suprimiu-a com um *p* só.
O freguês	Mas com os diabos! isso não é simplificar, porque Kiosque com *q* tem oito letras e com *k* tem apenas sete!
O barbeiro	É para uniformizar com *z*. Uma vez que nós possuímos o *q*, que necessidade temos do *k*?
O freguês	Nada, seu Isidro, eu sou franco: kiosque com *q-u-i*, *qui* pra mim não é kiosque nem aqui nem na casa do diabo!
O barbeiro	É uma questão de hábito. Desde que você se habitue... Eu cá estou entusiasmado sem *h*, pela ortografia sem *f*!
O freguês	(*Erguendo-se.*) Bom; não lhe pago a barba porque só tenho aqui níkeis com *k*; aparecerei quando tiver com *que*... (*Sai.*)
O barbeiro	Querem ver que este sujeito com *j* aproveita a reforma ortográfica para ferrar-me com calo com um *l* só, e pregar-me uma *pessa* com dois *s*?

FOI MELHOR ASSIM!

Quadro 1

(Em casa do Silva, que está preparado para sair e vai à sala de jantar convidar a senhora para sair com ele.)

O Silva	Ó Mariquinhas, queres vir dar um passeio? Há muito tempo não temos um domingo tão bonito! Se queres, vai-te arranjar, eu espero.
Dona Mariquinhas	Não, não tenho vontade de sair, saia você só. Preciso acabar esta blusa.
O Silva	Não sei aonde vá. Talvez me atire até o Engenho de Dentro no perigo amarelo. Ainda não vi a tal ponte.
Dona Mariquinhas	Se eu fosse você, ia ver subir o balão na praça da República.
O Silva	Não tenho ânimo!
Dona Mariquinhas	Não tem ânimo de quê? De ver subir ou de subir?...
O Silva	De ver subir um homem pelo espaço fora, dentro de uma cesta! Não sei, mas parece-me que, se eu visse cair um aeronauta de uma altura de cem metros, desmaiava! Sou tão nervoso!
Dona Mariquinhas	Ora deixe-se disso! Deve ser tão interessante ver subir um balão levando uma pessoa! A gente cá de baixo a ver aquela massa ir diminuindo, diminuindo, até tornar-se um ponto pequenino lá longe, muito longe! Não há nada mais curioso!

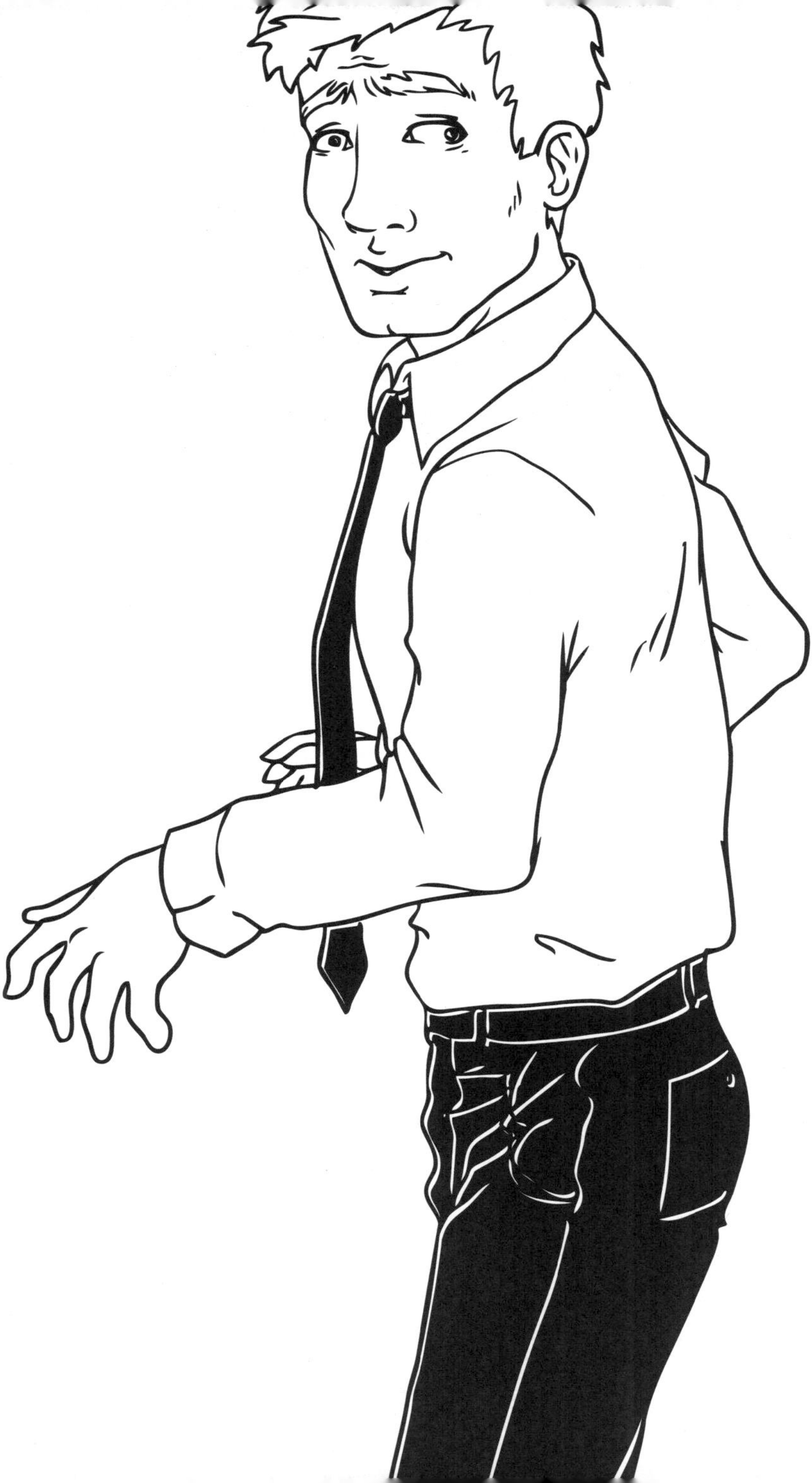

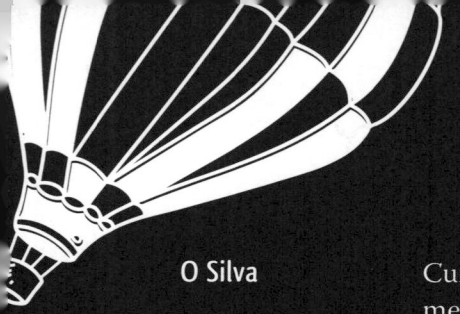

O Silva	Curioso é, não há dúvida: mas se o homem cai?
Dona Mariquinhas	Você deve ir, mesmo para perder o medo.
O Silva	Achas?
Dona Mariquinhas	Acho, sim!
O Silva	Pois então vou! Quanto se paga?
Dona Mariquinhas	Dois mil-réis apenas.
O Silva	Vou, está dito! Queres vir?
Dona Mariquinhas	Não, vá você só. Reservo-me para outra vez.
O Silva	Então até logo. (*Dá-lhe um beijo e sai.*)

Quadro 2

(A mesma cena.)

O Silva	(*Entrando contentíssimo.*) Lá fui! Não calculas a impressão que produz a vista de um aeróstato cheio de gás!
Dona Mariquinhas	Vejo que tudo se passou muito bem. Onde o balão foi cair?
O Silva	(*Rindo-se.*) Não caiu!
Dona Mariquinhas	Como assim?
O Silva	Não caiu porque não subiu: o gás não teve força!
Dona Mariquinhas	E você ficou sem os dois mil-réis?
O Silva	Fiquei, mas não me lastimo! Criei alma nova quando o homem declarou que não subia! Foi melhor assim!

O VELÁSQUEZ DO ROMUALDO

(No gabinete do Romualdo, que passeia agitado de um lado para o outro.)

A senhora	*(Entrando.)* Chamaste-me?
Romualdo	Sim, chamei-te porque o momento é solene!
A senhora	Assustas-me!
Romualdo	Não é caso para isso. Estás vendo aquela carta? *(Aponta para uma carta que está sobre a secretária.)*
A senhora	Sim!
Romualdo	Está ainda fechada.
A senhora	Sim, vejo que está fechada. Por quê?
Romualdo	Entregou-ma o carteiro não há cinco minutos, e como reconheci no sobrescrito a letra do Sepúlveda, não quis abri-la sem estares presente. Receio uma síncope. *La joie fait peur.*[11]

---

11. A alegria causa medo.

A senhora Romualdo	Mas que esperas tu achar nesta carta? Pois não te lembras que mandei ao Sepúlveda, que está em Paris, a fotografia do nosso Velásquez, a fim de que ele, consultando os peritos, se certificasse de que o quadro é realmente do grande pintor espanhol?
A senhora	Ora! Pensei que fosse outra coisa. Tira a ideia daí! Pode lá ser de Velásquez um quadro comprado por quinze mil-réis, na rua Senhor dos Passos!
Romualdo	Isso não quer dizer nada. É no lodo que se encontram as pérolas! Naquela mesma rua do Senhor dos Passos já foi, há muitos anos, encontrado um Ticiano! Outro Ticiano foi há meses descoberto no Pará! E o Rembrandt da galeria Rembrandt? E o Tintoretto e o Frans Hals que lá estão?
A senhora	Posso lá crer na existência de um Velásquez aqui, na rua Frei Caneca!
Romualdo	Tudo é possível, minha mulher! (*Olhando para um velho quadro que está pendurado na parede.*) Vê que expressão tem aquela cabeça! Oh! O Guimarães tem bom olho... o Guimarães não se engana... o Guimarães sustenta que está ali um Velásquez... (*Pegando na carta.*) Que estará aqui dentro? Vê como tenho as mãos trêmulas!
A senhora	Que tolice a tua!

Romualdo Esta carta vai decidir a nossa sorte! Vem cá dentro, talvez, a casinha com que sonhamos em Botafogo, no centro de um jardim... o dote da Mimi... a nossa viagem à Europa... (*Rasgando o envelope com resolução.*) Ora adeus! Ânimo!...

A senhora Conta com um desengano. (*Romualdo lê a carta e cai abatido numa cadeira.*) Eu não te dizia? (*Tomando a carta e lendo.*) "Meu caro Romualdo. Recebi a fotografia do teu quadro e fui logo consultar um dos peritos mais famosos de Paris, que não se negou a dar-me o seu parecer antes que eu lhe pagasse duzentos francos. Paguei-lhos. Deves-me essa quantia. Logo que ele se apanhou com os cobres, disse-me que aquilo era péssima cópia de um mau retrato espanhol, sem um traço que autorizasse ninguém a atribuí-lo a Velásquez. Acrescentou que o teu quadro poderá ser vendido em Paris por cinco ou dez francos quando muito." Eu não te dizia?

Romualdo Agora só me resta um recurso...
A senhora Qual?
Romualdo Vendê-lo à Escola de Belas-Artes!...

O COMETA

(Madrugada escura. Céu soturno. Telhados e águas-furtadas. Abre-se uma janela, ou antes, um postigo e aparece a cabeça de dona Catarina, envolvida numa colcha. A boa senhora olha para cima, como se estivesse a procurar alguma coisa no céu.)

Dona Catarina   Nada! Não vejo absolutamente nada de extraordinário! *(Abre-se o postigo da outra água-furtada, e aparece a cabeça de Dona Rosália coberta com um largo lenço de seda.)*
Dona Rosália   *(Depois de examinar o firmamento.)* Qual cometa nem carapuça!
Dona Catarina   Boa noite, vizinha!
Dona Rosália   Ah! É a senhora? Boa noite! Querem ver que também está à procura do cometa?
Dona Catarina   É verdade. Li nos jornais que ele é visível às três e meia da madrugada, mas nada vejo.
Dona Rosália   Nem eu!
Dona Catarina   Meu marido está furioso!
Dona Rosália   Por quê?
Dona Catarina   Diz que isto é uma loucura, que me arrisco a apanhar uma doença; mas que quer? Nós, mulheres, somos tão curiosas!

Dona Rosália	Não, não é curiosidade que cá estou, mas por amor da ciência. Gosto muito de me instruir. Quando estiver numa roda e se falar em cometa, quero também meter minha colher, dizendo: "Já vi um!"
Dona Catarina	Eu confesso que aqui não vim senão por curiosidade, e um pouco por simpatia...
Dona Rosália	Por simpatia? Como assim?...
Dona Catarina	Eu lhe digo: o cometa chama-se Daniel, e Daniel era o nome de meu marido. Coitado! É morto há vinte anos!
Dona Rosália	Ainda o chora!
Dona Catarina	Pudera! Aquilo é que era um homem!
Dona Rosália	Mas o segundo é também muito boa pessoa.
Dona Catarina	Sim, mas que diferença! Um homem frio, apático, indiferente a tudo! A senhora não vê? Prefere estar dormindo a vir ver o cometa! Diz que trabalha muito e precisa descansar! Como se um fenômeno da natureza não merecesse o sacrifício de uma hora de sono!
Dona Rosália	Mas, no fundo, ele não deixa de ter razão, mesmo porque, se viesse ver o cometa, não veria nada! Mas onde se meteu esse vagabundo?

Dona Catarina	Quem? Meu marido?
Dona Rosália	Falo do cometa.
Dona Catarina	Sei lá!
Dona Rosália	Eu li uma notícia dizendo que ele aparece por baixo da constelação de Touro. A vizinha sabe que constelação é essa?
Dona Catarina	Não, senhora, mas talvez meu marido... (*Gritando para dentro.*) Ó seu Eduardo? (*Silêncio.*) Seu Eduardo?
Dona Rosália	Deixe-o: está dormindo.
Dona Catarina	Se está dormindo, acorde! (*Gritando.*) Seu Eduardo!
A voz do marido	(*Ao longe.*) Que é lá?
Dona Catarina	Você sabe onde é a constelação do Touro?
A voz	Vá para o diabo! Não me aborreça!
Dona Catarina	Disse que não sabe. (*Espirrando.*) Atchim! Bonito! Lá me constipei por causa do Daniel!
Dona Rosália	(*Espirrando.*) Atchim! Também eu! Não valia a pena! Vamos dormir!
Dona Catarina	Vamos, mas olhe, vizinha, amanhã... atchim... sustentemos ambas que vimos o cometa!
Dona Rosália	Essa era a minha intenção... atchim!
Dona Catarina	Boa noite... Atchim!
Dona Rosália	Atchim! Boa noite!
Ambas	Atchim! (*Desaparecem as cabeças. Fecham-se os postigos.*)

ECONOMIA DE GENRO

(Em casa do Silva. Na sala de jantar. O Silva tem acabado de tomar café, e está sentado numa cadeira de balanço a fumar o seu cigarro e a ler seu jornal. Entra dona Ana, sua mulher.)

Dona Ana — *(Depois de alguma pausa.)* Com efeito!... Você é de muita força!...
Silva — Por quê?
Dona Ana — Não me pergunta por mamãe! Viu que ela ontem se recolheu tão doente, e nem ao menos indaga como passou a noite!
Silva — Desculpa... eu estava a ler uma coisa muito interessante... e justamente a lembrar-me dela.
Dona Ana — Pois deveria interessar-se: é minha mãe!
Silva — É tua mãe, mas é minha sogra; se fosse minha mãe, eu me interessava um pouco mais; se fosse tua sogra, quem não se interessava eras tu.
Dona Ana — Não sei que mal fez a pobre velha para você a tratar assim!
Silva — Assim? Assim como? Como é que eu a trato?...
Dona Ana — Não pergunta por ela quando está doente.
Silva — Não perguntei, mas ia perguntar.
Dona Ana — Qual perguntar! Qual nada!...

Silva	Francamente: uma vez que me obrigas a falar, dir-te-ei, minha filha, que tua mãe não tem nenhuma razão de queixa contra mim. Não tenho obrigação nenhuma de aturá-la e, no entanto, suporto resignado todas as suas impertinências, porque, não há dúvida, ela é uma sogra clássica! Outro qualquer, sofrendo o que tenho sofrido, há muito tempo se teria livrado dela! Eu, pelo contrário, mostro-me cada vez mais solícito. Sou eu que lhe dou casa, sou eu que lhe dou de comer e beber, sou eu que a visto, sou eu...
Dona Ana	Grande coisa! Não é a pobre velha que aumenta as despesas! A casa é grande e mais um talher à mesa não custa nada.
Silva	E a roupa?
Dona Ana	Você só lhe dá roupa quando a pode comprar baratinho nalguma liquidação.
Silva	Censuras-me ser econômico.
Dona Ana	Não!

Silva	Pois se posso comprar aqui por três, porque hei de comprar ali por quatro? Ainda agora, lendo o jornal, estava pensando numa dessas economias. Tua mãe está, não está?
Dona Ana	Está muito doente; está mais doente do que você imagina!
Silva	Tanto melhor!
Dona Ana	Como tanto melhor?
Silva	Tanto melhor para a economia que me lembrou fazer. Há na alfândega um objeto abandonado que naturalmente vai ser vendido por uma bagatela, e com certeza ninguém senão eu, se não houver por aí outro genro que me passe a perna.
Dona Ana	Que objeto é esse?
Silva	Um caixão de defunto. Agora dize que não me lembro de minha sogra...

OS CREDORES

(Em casa do X, literato e jornalista. Ele está sentado a escrever um artigo. Entra a senhora de mansinho.)

A senhora	Está aí o homem da venda. Podes dar-lhe algum dinheiro?
X	*(Largando a pena.)* Onde queres que o vá buscar?
A senhora	Mas que lhe devo dizer?
X	Não lhe digas nada: manda-o entrar; dar-lhe-ei uma desculpa. *(A senhora abre a porta que dá para o corredor, e faz entrar o homem da venda.)* Meu caro senhor Ribeiro, ainda hoje não lhe posso pagar... o jornal ainda não me pagou o ordenado! Não tenho vintém em casa!
O homem da venda	*Nam* vim pedir dinheiro a *Vosseoria*; bem sei que *Vosseoria* o não tem; vim dar-lhe um conselho!
X	Um conselho!
O homem da venda	É como lhe digo!
X	Qual é o conselho?
O homem da venda	Faça uma *cunferência* no tal *Anstituto* de Música.
X	Uma conferência? Eu?...

O homem da venda	Pois *antão*! Outros menos pintados têm feito *cunferências* e têm ganho muito dinheiro! Olhe, eu tenho um *culega* estabelecido na rua do Senador *Osébio* que tinha um freguês *litrato* como *Vosseoria*, que lhe não podia pagar, e vai o moço faz uma *cunferência* no *Anstituto*, e no mesmo dia pagou a conta!
X	Mas, meu caro senhor Ribeiro, o senhor sabe o que é uma conferência?
O homem da venda	*Nam* sei: só sei que é uma coisa que dá dinheiro a ganhar os *litratos*.
X	Mas eu nunca fiz conferências!
O homem da venda	Bem sei, e por isso *Vosseoria* não me pagou ainda!
A senhora	O senhor Ribeiro tem razão. Por que não hás de tu fazer uma conferência?
O homem da venda	Eu cá *nam* faço porque *nam* sei.
X	Ora adeus! Tem razão, senhor Ribeiro! Vou fazer uma conferência! Mas qual há de ser o assunto?
O homem da venda	Os impostos, que são de levar couro e cabelo!
X	Isso não se presta a uma conferência literária! (*Com uma ideia.*) Ah! Já tenho um assunto: os credores.
O homem da venda	Bravo! Só assim eu iria ao tal *Anstituto*!
X	Para me ouvir falar?
O homem da venda	*Nam*, senhor; para *reciber* a conta.

OS FÓSFOROS

(Sala modesta. Nhá Teresa, gorda mulata, dá de mamar ao filhinho. Três crianças brincam, sentadas no chão. Ouvem-se passos no corredor.)

As crianças	Lá vem papai! Lá vem papai... (*Erguem-se e vão receber à porta o Padre Tomás, que entra.*) Bença! Bença!...
O padre	Deus vos abençoe! (*Aproxima-se de Nhá Teresa e dá-lhe um beijo.*) O Zeca e o Quincas já foram para o colégio?
Teresa	Há que tempos!
O padre	(*Sentando-se.*) Venho hoje fulo!
Teresa	Por quê?
O padre	(*Tirando da algibeira uma nota de dez mil-réis.*) Olhe!...
Teresa	Que tem?
O padre	Veja se isto é dinheiro que pague uma missa de defunto rico! Dez mil-réis! Eu contava com vinte e cinco pelo menos!
Teresa	Pois você está muito precisado de dinheiro... Estes meninos estão todos sem calçado...
O padre	Já lá se vai o tempo em que ser padre era uma boa coisa; hoje é uma miséria, principalmente para quem tem mulher e filhos, como eu.
Teresa	Ainda você não é dos que têm mais razão de queixa, porque eu *lhe* ajudo. As balas sempre rendem alguma coisa...

O padre	Dantes não era preciso que a mulher ajudasse, porque eu ganhava muito dinheiro; mas o que quer você? A concorrência é grande, a cidade está cheia de padres vindos de toda a parte! E alguns deles só servem para desmoralizar a classe, como o tal Pelegrineti!
Teresa	Que padre é esse?
O padre	Um italiano, que anda pela rua a vender fósforos baratos, com as vestes sacerdotais! (*Sacudindo as saias.*) Nhá Teresa! Isto é sagrado! Isto é sacratíssimo!...
Teresa	Não sacuda assim a batina que pode rasgar *ela*, e depois o trabalho é meu! Ainda o outro dia o que me custou ela! Estava cheia de nódoas!

O padre	Grandíssimo patife! Vender fósforos de batina!... Um ungido do Senhor!...
Teresa	Ora, deixe-se disso! Você tem feito coisas piores de batina!
O padre	Eu?
Teresa	Você, sim! Então eu não sei! (*Repetindo com malícia.*) Eu não sei?
O padre	Pois sim... talvez... mas não *coram populo*.[12]
Teresa	É; você pensa que o latinório salva tudo...
O padre	Quero dizer que nunca fiz em público coisas que um ministro de Deus não deve fazer... Vender fósforo! Lembre-se, Teresa, que Jesus Cristo expulsou os vendilhões do tempo!...
Teresa	Eles vendiam fósforos?
O padre	Não, porque os fósforos ainda não tinham sido inventados.
Teresa	Nem as balas, que você vende, ou manda vender, porque as missas não chegam. E se você não tivesse remédio senão vender fósforos na rua, de batina, para dar de comer a estas crianças, você vendia mesmo! Ora aí está! Vamos almoçar!

12. Em público.

(Em casa do Sampaio, que se apronta para um banquete. Só lhe falta pôr a capa e o chapéu. Sua filha, a senhorita Bibi, ata-lhe o laço da gravata. Sua esposa, dona Júlia, sentada numa cadeira, contempla-o com admiração e orgulho.)

Bibi — Pronto, papai! Ficou um bonito laço!
Sampaio — Uma ponta não está maior do que a outra?
Bibi — Não, senhor! Veja ao espelho!
Sampaio — Não é preciso. Vai buscar a capa, o chapéu e a bengala. *(Bibi sai.)*
Dona Júlia — *(Radiante.)* Como você fica bem de casaca, Sampaio!
Sampaio — Achas?
Dona Júlia — Por meu gosto você não andava senão assim!
Sampaio — O que me está dando cuidado é o brinde!
Dona Júlia — Ora! Você já tem falado tantas vezes!... Você é orador!
Sampaio — Que orador, que nada! E demais, o brinde é em francês!
Dona Júlia — Em francês, por quê?
Sampaio — Pois você queria que se oferecesse um banquete a um hóspede ilustre francês e se falasse em português?

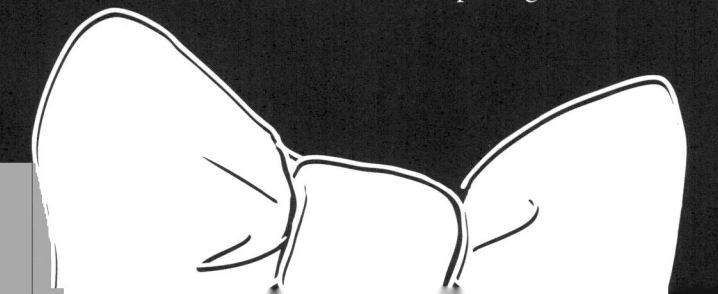

Dona Júlia	Se ele é ilustre, devia saber português.
Sampaio	Que tolice!
Dona Júlia	Devia saber tudo!
Bibi	(*Voltando com a capa, o chapéu e a bengala.*) Papai tem o seu improviso bem na ponta da língua?
Sampaio	(*Vestindo a capa, pondo o chapéu e tomando a bengala.*) Devo ter. Mas, adeus, que são horas!
Dona Júlia	Venha cá; por que não faz um pequeno ensaio?
Sampaio	Você não lembra mal. Bibi, senta-te ali ao pé de tua mãe. (*Bibi obedece.*) Ouçam lá! (*Declamando lentamente, como se estudasse as palavras.*) "Monsieur, permettez-moi que dans ce moment solennel je lève ma faible voix et mon verre pour saluer dans votre honorable personnalité, au nom des amis que se trouvent assemblés au tour de cette table, le plus illustre des étrangers que nous ont visité depuis longtemps, et dont la présence est um grand sujet d'orgueil pour notre pays".[13]
Dona Júlia	Muito bem, Sampaio!

13. "Senhor, permiti-me levantar minha frágil voz e meu copo para saudar, neste solene momento, vossa respeitável personalidade, em nome dos amigos reunidos em torno desta mesa, o mais ilustre dos estrangeiros que já nos visitaram, e cuja presença é um motivo de orgulho para nosso país."

Bibi	Pronuncie *pê-í*, papai! O senhor diz país, como se fosse em português!
Sampaio	Eu devo dizer muitas asneiras... Bom! Até logo! (*Sai.*)
Dona Júlia	Como teu pai fica bem de casaca!
Bibi	Pois sim, mas a falar francês é uma lástima!
Dona Bibi	Podia ser pior... Imagina que o brinde era em inglês!

OPINIÃO PRUDENTE

(Numa barca da Cantareira. Um dos passageiros aproxima-se do doutor candidato a muita coisa.)

O passageiro	Ó doutor, Vossa Senhoria, que é todo chegado à política fluminense, diga-me cá uma coisa: qual dos dois tem razão, o Backer ou o Nilo?
O doutor	Nenhum deles tem razão, ou por outra, ambos a tem.
O passageiro	Não! Essa não engulo eu! É preciso que um dos dois tenha ou não tenha razão!
O doutor	Trata-se de saber se o Backer deve fazer a trouxa no fim do ano, ou ficar mais três anos na presidência...
O passageiro	Até aí sei eu.
O doutor	O Backer quer ficar; o Nilo quer que ele desempache o beco...
O passageiro	Adiante.
O doutor	O Nilo tem razão, porque o Backer veio completar o período presidencial.
O passageiro	Bom, nesse caso é o Nilo que tem razão.
O doutor	Mas o Backer também a tem, porque não era vice-presidente, e, não sendo vice-presidente, não tinha que completar, mas que iniciar um período.
O passageiro	Então quem tem razão é o Backer.

O doutor	Não; é o Nilo, porque, não havendo vice-presidente que assumisse a presidência, a eleição do Backer não foi presidencial, mas vice-presidencial.
O passageiro	Bom: tem razão o Nilo, não falemos mais nisso.
O doutor	Perdão; tem razão o Backer, porque a eleição foi revestida de todos os caracteres de uma eleição presidencial.
O passageiro	Tem razão o Backer. Acabou-se.
O doutor	Ambos têm razão, porque a questão presta-se à controvérsia.
O passageiro	O que me parece certo é que, se o Nilo e o Backer não houvessem brigado, o Backer seria presidente por mais três anos, tivesse ou não tivesse razão.
O doutor	Neste ponto quem tem razão não é o Backer nem o Nilo: é o senhor.
O passageiro	Nesse caso, trata-se de uma deposição.
O doutor	Trata-se... Sabe que mais? Já eu disse mais que devia dizer. No frigir dos ovos é que se vê a manteiga...
O passageiro	Já sei; o doutor está a ver de que lado sopra o vento...
O doutor	Confesso-lhe que sim, e, enquanto não souber como devo manobrar, estou na minha: tanto o Backer como o Nilo têm razão, e nenhum deles a têm...

OBJETOS DO JAPÃO

(A viúva Lopes está na sala de visitas, sentada no sofá. As quatro senhoritas Lopes estão debruçadas nas duas janelas de peitoril que deitam para a rua. É à tardinha.)

Primeira senhorita	Lá vem seu Cardosinho!
Segunda senhorita	Traz um embrulho na mão!
Terceira senhorita	Ele nunca vem que não traga alguma coisa pra gente.
Quarta senhorita	Não é por nossos bonitos olhos: é por causa da Xandoca.
Primeira senhorita	Por mim, gentes!...
Quarta senhorita	Morde aqui! Então nós não sabemos que ele é teu namorado?
A viúva Lopes	Meninas, olhem que eu estou aqui!
Segunda senhorita	Bem feito.
A viúva Lopes	E participo-lhes que não me agradam muito as visitas desse tal senhor Cardosinho...
Primeira senhorita	Por quê, mamãe?
A viúva Lopes	É muito inconveniente. Tem umas conversas impróprias de casa de família. Que necessidade tinha ele de nos dizer outro dia que frequenta o *high-life*?
As quatro senhoritas	Boa tarde, seu Cardosinho! Entre!
A viúva Lopes	Vou tratá-lo muito secamente. *(As senhoritas vão à porta da entrada receber o Cardosinho, a quem fazem muita festa.)*

Cardosinho	Como está, dona Xandoca? Como tem passado, dona Biloca? Tem passado bem, dona Miloca? Ficou boa da tosse, dona Dodoca?
A viúva Lopes	Silêncio, meninas! Que gritaria!... Sentem-se.
Cardosinho	(*Aproximando-se da viúva.*) Apresento-lhe os meus respeitosos cumprimentos, senhora dona Engrácia.
A viúva Lopes	Boa tarde.
Cardosinho	(*Sentando-se.*) Permite que distribua alguns objetos do Japão pelas senhoritas?
A viúva Lopes	Não, senhor, não quero que se incomode por causa delas.
Cardosinho	Oh, minha senhora! Isto não é incômodo: é prazer. (*Desamarrando o embrulho que traz e tirando os objetos que menciona.*) Estes guardanapos de papel de seda são para dona Biloca. (*Agradecimentos.*) Este balãozinho é para dona Dodoca. (*Idem.*) Esta xícara com o seu pires é para dona Miloca. (*Idem.*) Este par de vasos é para dona Xandoca.
Primeira senhorita	Que lindo!

Quarta senhorita	Não é o que digo? O objeto mais bonito foi para Xandoca.
Cardosinho	Para a senhora dona Engrácia trouxe este leque.
A viúva Lopes	Obrigada; não tenho calor.
Cardosinho	Não tem agora, mas pode ter amanhã: queira aceitá-lo.
A viúva Lopes	Eu não sou japonesa. Demais, desde que enviuvei, só uso leques pretos.
Cardosinho	Nesse caso, dona Xandoca, é seu o leque.
Primeira senhorita	Muito agradecida. Mas onde o senhor comprou estas bonitas coisas, seu Cardosinho?
Cardosinho	Em casa do Pippaku.
A viúva Lopes	(*Erguendo-se furiosa.*) De quê? Rua, seu cachorro, rua!...
Cardosinho	Minha senhora, eu...
A viúva Lopes	(*Crescendo para ele.*) Rua, quando não... (*O Cardosinho foge.*) Bandalho! Sem-vergonha! Isto é casa de família...

DE VOLTA DA CONFERÊNCIA

(Em casa do Ribeiro, que está à janela, fumando. É noite.)

Uma voz	Boa noite, vizinho!
O Ribeiro	Boa noite.
A voz	Então está apreciando a fresca?
O Ribeiro	Não, senhor, estou esperando minha mulher.
A voz	Ah! Sua senhora saiu? Naturalmente foi ao teatro?
O Ribeiro	Não, senhor; foi à conferência do Ferrero.
A voz	E o vizinho não quis ir?

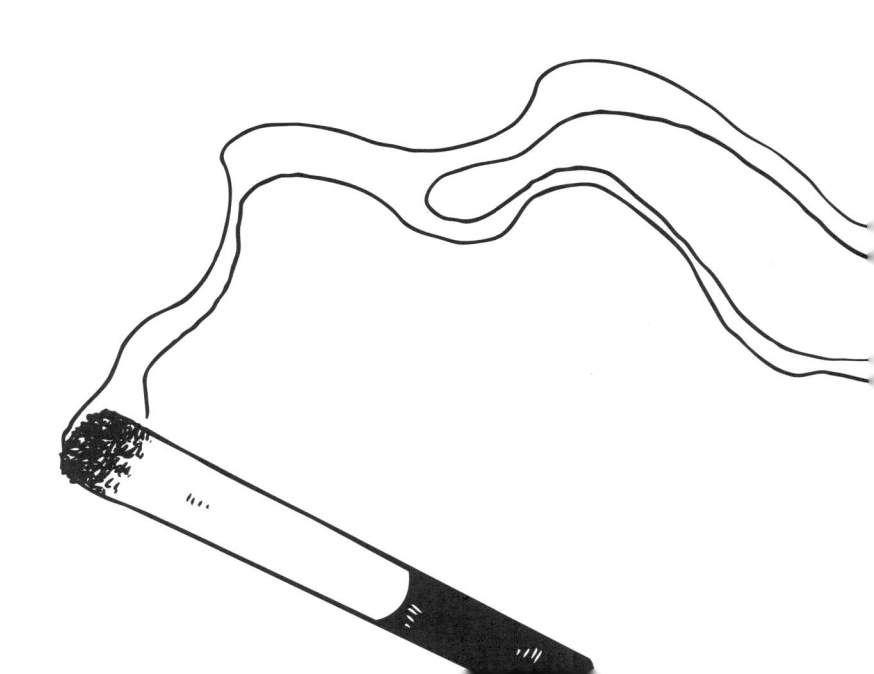

O Ribeiro	Não foi por falta de vontade, mas de convite. Minha mulher foi com a família do primeiro andar. Olha, aí vem ela.
A voz	Boa noite, vizinho.
O Ribeiro	Boa noite. (*Saindo da janela.*) Que sujeitinho bisbilhoteiro! (*Senta-se numa cadeira. Entra Violante.*)
Violante	(*Tirando o chapéu.*) Tardei muito! Pudera! O homem levou a falar quase duas horas!
O Ribeiro	E que tal? Muita gente?
Violante	Muita! A Ritinha Marques estava com aquele mesmo vestido com que foi à *Danação de Fausto*.
O Ribeiro	Que disse o Ferrero sobre Tibério?
Violante	Quem estava muito chique era a filha do doutor Gaioso. É pena que tenha tão maus dentes!
O Ribeiro	O Ferrero falou em francês ou em italiano?
Violante	Em francês italianizado. O Frias levou todo o tempo a namorar a mulher do Neves, e às barbas do marido! Um escândalo!
O Ribeiro	Deixe lá os outros! Dize-me sob que ponto de vista o Ferrero encarou as relações de Augusto Tibério.
Violante	Sob o ponto de vista filosófico. A Adélia dormia a sono solto! É preciso ser muito ignorante para dormir durante uma conferência histórica!

O Ribeiro	O Ferrero pronunciou-se sobre o exílio de Júlia?
Violante	Pronunciou-se, isto é, creio que sim, que se pronunciou. Lembras-te daquele vestido que te mostrei o outro dia nas Fazendas Pretas? A Lulu Barreto estava com ele. É pena! Um vestido tão bonito num estupor daqueles!
O Ribeiro	O Ferrero defendeu ou acusou Júlia?
Violante	Acusou, depois defendeu. Desconfio que a Sinhá Bastos deitou as joias no prego: já é a terceira vez que a vejo sem uma joia! Pudera! Lírico todas as noites!
O Ribeiro	O Ferrero não disse nada das más línguas de Roma?
Violante	(*Sem compreender.*) Em compensação a baronesa de Itapuca estava coberta de joias! Parecia uma vitrine de ourives! Que falta de gosto! Eu sempre queria que me dissessem onde o barão vai buscar dinheiro para tantas joias!
O Ribeiro	Ó filha, não é isso o que me interessa; conta-me o que Ferrero disse de Augusto, de Tibério e de Júlia.
Violante	Disse muita coisa, mas não prestei atenção. Que me importa a vida alheia?

CINEMATÓGRAFOS

(Na sala do Baltazar, que entra da rua, e encontra sua mulher dona Inês sozinha em casa.)

Baltazar — Oh! Que silêncio nesta casa! Onde estão as meninas?
Dona Inês — Foram ao cinematógrafo Pathé.
Baltazar — E o Juca?
Dona Inês — Foi ao cinematógrafo Parisiense.
Baltazar — E o Cazuza?
Dona Inês — Foi ao Paraíso do Rio.
Baltazar — Também é cinematógrafo?
Dona Inês — Também.
Baltazar — E o Zeca?
Dona Inês — Foi ao cinematógrafo falante do Lírico.
Baltazar — E a criada?
Dona Inês — Foi ao Moulin Rouge; também há lá cinematógrafo.
Baltazar — E a copeira?
Dona Inês — Pediu licença para ir a um cinematógrafo que há na rua Larga de São Joaquim.
Baltazar — Que sensaboria estar sozinho em casa sem as pequenas, sem os rapazes!
Dona Inês — Pois vamos nós também ver o cinematógrafo do Passeio Público!
Baltazar — Eu? Não me faltava mais nada! Estou farto de cinematógrafos! Há quinze dias que não faço outra coisa senão ver cinematógrafos!

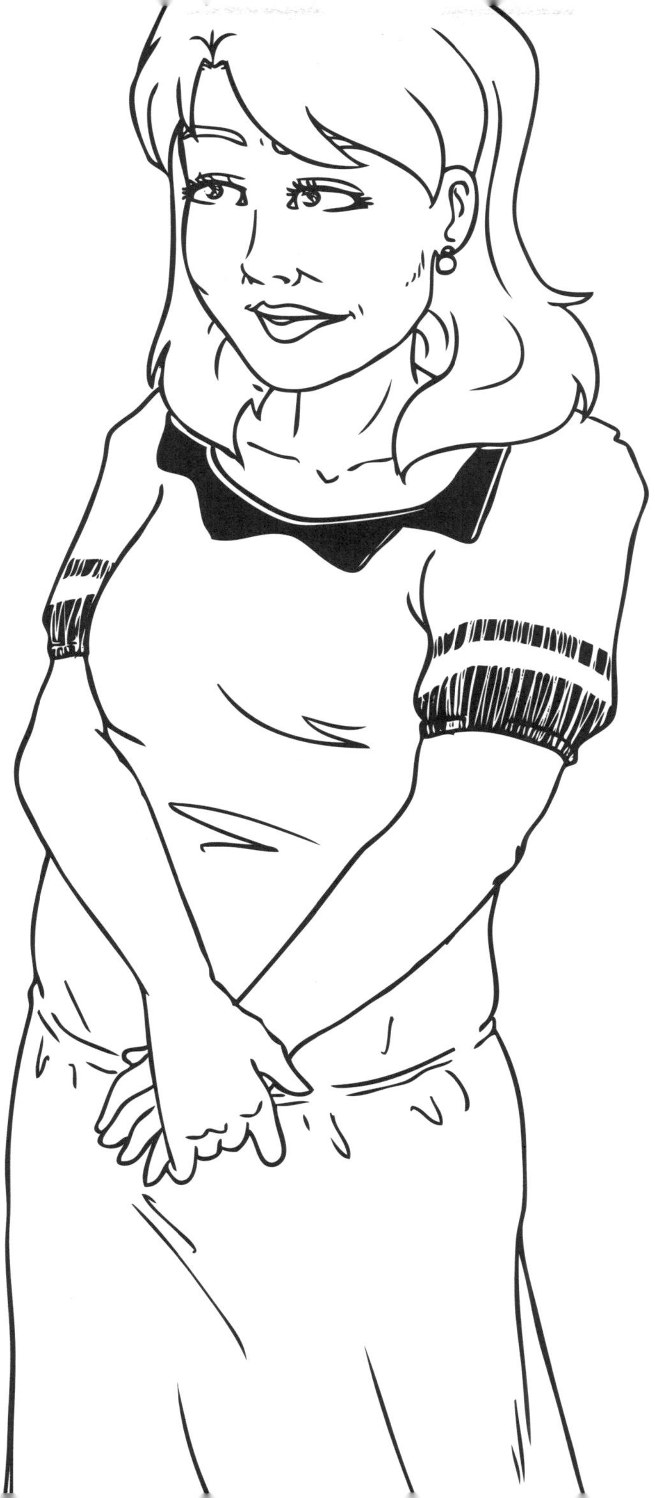

Dona Inês   Você gostava tanto!
Baltazar   Gostava e gosto; mas tudo tem um termo! Nós não íamos ao teatro porque era caro. O cinematógrafo é barato, mas os cinematógrafos são tantos, que afinal se tornam caros... Sabe você quanto temos gasto em cinematógrafos?
Dona Inês   (*Irônica.*) Uma fortuna!
Baltazar   Demais, o cinematógrafo é muito inconveniente para as pequenas...
Dona Inês   Não diga isso! Ainda não há cinematógrafo gênero livre!
Baltazar   Não é por causa das fitas, que são decentes e algumas até instrutivas, mas você bem sabe que a sala fica no escuro, e os pilantras aproveitam...
Dona Inês   Deveras?
Baltazar   Uma noite destas, num deles, uma rapariga soltou um grito porque um rapaz a beliscou em certo lugar!
Dona Inês   Um grande patife!
Baltazar   O melhor é não mandar as pequenas sozinhas, a menos que inventem um meio de não ficar a sala no escuro.
Dona Inês   Isso é impossível! Estou arrependida de ter mandado as meninas. Ah! Elas aí vêm! (*Entram quatro senhoritas muito alegres, que beijam e abraçam os pais e começam, todas ao mesmo tempo, a contar o que viram no cinematógrafo.*) Marchem todas para o quarto e dispam-se!

As senhoritas Dona Inês
Para quê?
Por causa das pulgas. Há muitas pulgas no cinematógrafo! (*As senhoritas entram no quarto. A Baltazar.*) Você compreendeu? Mandei que se despissem, para eu verificar se há sinais de beliscões! (*Entra no quarto.*)

POBRES ANIMAIS

(Em casa do Silva. A mesa está posta. Dona Ana espera o marido para jantar.)

O Silva — *(Entrando.)* Ora muito boa tarde. *(Dá um beijo na mulher, põe o chapéu e a bengala a um canto e senta-se à mesa.)* Demorei-me um pouco, hein?

Dona Ana — Quase nada. *(Senta-se à mesa e grita para dentro.)* Maximiana, traze a sopa!

O Silva — Fui à sede da Sociedade Protetora dos Animais.

Dona Ana — Para quê?

O Silva — Para alistar-me como sócio. Li alguns artigos da imprensa e fiquei entusiasmado! É preciso, realmente, haver um pouco mais de humanidade com os pobres irracionais!

Dona Ana — Não deixes esfriar a sopa.

O Silva — Está magnífica. *(Dando pontapés por baixo da mesa.)* Sai! Sai! Este maldito cachorro que se vem meter entre as minhas pernas! Sai! *(O cachorro gane.)*

Dona Ana — Coitado! Não lhe dês pontapés!...

O Silva	É insuportável! Vamos ao feijão, que está com muito boa cara. (*Depois de comer algumas garfadas.*) Cá está outra vez o maldito cachorro! (*Dando pontapés.*) Sai! Sai!... Já uma vez mandei botar fora este diabo, mas ele tem faro: voltou. O melhor que tudo a fazer é afogá-lo! Que cacete!
Dona Ana	Não te entendo! Pois não acabas de me dizer que entraste para a Sociedade Protetora dos Animais?
O Silva	Entrei, é verdade, mas não estou obrigado a proteger os animais que me incomodam.
Dona Ana	Aqui tem carne assada.
O Silva	Este pobre boi... ou esta pobre vaca, por exemplo... nunca me incomodou... Defendê-la-ia se visse alguém maltratá-la... mas a pobrezinha aparece-me pela primeira vez sob a forma de um rosbife e eu como-a sem remorsos. (*Comendo.*) Está muito gostosa! (*Vêm a sobremesa e o café. O Silva e Dona Ana erguem-se e vão debruçar-se a uma janela que dá para o quintal.*)
O Silva	Oh, que bela ocasião! Lá está dormindo, em cima do galinheiro aquele gato vagabundo que não nos sai de casa! (*Vai ao quarto, volta com um revólver, aponta-o e faz fogo.*) Viste? Nem um movimento! Aquele não nos entra mais em casa!

CINCO HORAS

(Na esquina de uma rua. Dois carregadores portugueses conversam.)

Primeiro carregador Viste o telegrama de Lisboa?
Segundo carregador Qual telegrama?
Primeiro carregador Parece que o s'or Dom Carlos vem mesmo ao Rio de Janeiro!
Segundo carregador Isso é velho.
Primeiro carregador É velho, não, que um figurão de política de lá tinha dito que Sua Majestade não devia vir, por mais isto e mais aquilo, porque torna, porque vira e não sei que mais! O diabo que os entenda!
Segundo carregador Mas que diz o tal telegrama?
Primeiro carregador Diz que o senhor Dom Carlos vem ao Rio de Janeiro e que há de receber a todos os portugueses!
Segundo carregador Todos?
Primeiro carregador Todos, embora leve cinco horas a recebê-los!
Segundo carregador Ó Zé, quantos portugueses há no Rio de Janeiro?
Primeiro carregador Sei lá! Isso só se pode saber no Consulado.
Segundo carregador Mas quantos calculas?
Primeiro carregador Calculo pr'aí uns poucos de milhares...
Segundo carregador Morreu o Neves! Olha que no Rio de Janeiro não há menos de duzentos mil portugueses!

Primeiro carregador Duzentos mil! Não será muito?
Segundo carregador Muito? Olha que só lá na estalagem somos oitenta e quatro!
Primeiro carregador Pois bem, vá lá, duzentos mil...
Segundo carregador Mas demos de barato que seja só metade: cem mil... Ora, cem mil dividido por cinco horas, dá vinte mil por hora...
Primeiro carregador Isso dá.
Segundo carregador E pensa o s'or Dom Carlos que pode receber vinte mil homens por hora? Boas!
Primeiro carregador É difícil, é...
Segundo carregador Mas demos de barato que sejam só cinquenta mil... Aí temos dez mil homens por hora! Ó Zé, tu sabes o que são dez mil homens?
Primeiro carregador Mas, afinal, isto de receber não quer dizer que Sua Majestade vá dar trela a um por um: "Como vai você? E os pequenos? Então tem-se dado bem por cá? Quando dá pulo à santa terrinha?" Não, senhor, Sua Majestade não fará mais que um cumprimento de cabeça, e já não é pouco... Olha, que cem mil ou duzentos mil cumprimentos de cabeça! É para um homem ficar descabeçado!
Segundo carregador De cabeça. Boas! Todos os bons portugueses quererão apertar e beijar a mão ao seu rei?...

Primeiro carregador Tens razão! Eu, pelo menos, se ele me estender a mão, hei de apertá-la com entusiasmo, assim! (*Aperta a mão do outro.*)

Segundo carregador (*Dando um grito.*) Ai! Que grande bruto! Se apertares assim a mão ao s'or Dom Carlos, serás preso por crime de lesa-majestade!

UM BRAVO

(Na sala de jantar, dona Carolina cose à máquina. O Maneco e o Lulu entram chorando. Fazem um berreiro de ensurdecer.)

Maneco e Lulu — (*Chorando.*) Papai vai pra guerra!... Papai vai pra guerra.
Dona Carolina — Que é isso, meninos?
Os pequenos — Papai vai pra guerra!...
Dona Carolina — Calem-se! Não sejam tolos! Quem disse a vocês que papai ia pra guerra?
Maneco — Foi ele mesmo! Ih! Ih! Ih!...
Lulu — Ele está limpando a espada! Ih! Ih! Ih!...
Maneco — E já tirou a farda da gaveta! Ih! Ih! Ih!...
Dona Carolina — Está bom! Não chorem! Pois vocês não veem que isso é brincadeira do papai? (*Elevando a voz.*) Barcelos, você não tem mais que fazer? Que gostinho provocar o choro das crianças! (*Barcelos aparece à porta do quarto limpando a espada.*) Que história de guerra é essa?...
Barcelos — Pois não leste os jornais? Não viste que o território nacional foi invadido?... Que o posto de Tabatinga foi tomado pelas forças peruanas?...
Dona Carolina — Que está você dizendo?
Barcelos — (*Erguendo a espada como um gesto heroico.*) A nação inteira vai levantar-se como um só homem!...

Os pequenos Dona Carolina	Ih! Ih! Ih!...
	Não chorem, meninos!...
Barcelos	Eu sou um simples alferes honorário, mas agora é que se vai ver quais são os oficiais honorários de bobagem e quais os que o não são! Deram-me uma farda... deram-me uma espada... Quero mostrar que sou digno delas! (*Outro tom.*) Passa um pouco de amônia na minha farda e põe-na ao sol. Está cheia de mofo.
Os pequenos	Ih! Ih! Ih!...
Dona Carolina	Barcelos, pelo amor de Deus, acabe com essa brincadeira estúpida! Você não vê como as crianças choram!
Barcelos	Pois que chorem! O pranto inconsciente dos meus ternos filhinhos não fará com que eu não cumpra o meu dever! Sou pai, mas, antes de ser pai, sou brasileiro! É o caso agora de dizer como o grande Amazonas em Riachuelo: "O Brasil espera que cada um cumpra o seu dever!" Eu já estou cumprindo o meu: estou limpando a espada!...

Os pequenos	Ih! Ih! Ih!... (*Abre-se violentamente a porta do corredor que dá para a rua, e entra, esbaforido, o Alfredo, irmão de dona Carolina.*)
Alfredo	(*Caindo sentado numa cadeira.*) Ah!
Barcelos e Dona Carolina	(*Assustados.*) Que é?...
Alfredo	(*Depois de tomar respiração.*) A coisa é séria! O forte de Tabatinga foi arrasado pela artilharia peruana! Quinhentos brasileiros mortos! Todo o norte levantado! Baixou o câmbio!...
Barcelos	Deveras? (*Cai-lhe a espada da mão.*)
Alfredo	O governo resolveu mobilizar hoje mesmo todos os oficiais honorários! (*A Barcelos.*) Não tarda aí a intimação para você se apresentar fardado no quartel-general!
Barcelos	Oh! Diabo! Digam que estou doente! Vou meter-me na cama!... (*Entra no quarto.*)
Alfredo	(*A dona Carolina.*) Tranquiliza-te! Não há nada. Ouvi por trás da porta as fanfarronadas de teu marido e quis experimentá-lo!
Maneco	(*Ainda com voz de choro.*) Mamãe, papai não vai pra guerra?
Dona Carolina	Não, meu filhinho; papai vai, mas é pra cama...
Maneco e Lulu	(*Saltando de contentes.*) Papai não vai pra guerra! Papai não vai pra guerra!...

UM MOÇO BONITO

(Sala. Ao erguer o pano, a cena está vazia. Ouve-se cair lá fora a chuva. De repente abre-se a porta que dá para o corredor, e entram dona Basília, a senhorita Bebê, sua filha, e o moço bonito.)

Dona Basília	Faça favor de entrar. Não o deixo ir sem tomar um cálice de conhaque. (*Gritando para dentro.*) José, traga conhaque! (*Ao moço bonito.*) O senhor foi uma providência: se não nos tivesse oferecido com tanta amabilidade o seu guarda-chuva... Onde está ele?
O moço bonito	Deixei-o no corredor, a escorrer...
A senhorita	Olhe se fica sem ele! Há dias roubaram o de papai, nos Telégrafos, enquanto ele passava um telegrama!
O moço bonito	Não há perigo; eu vou já. (*Entra um criado com o conhaque. O moço bonito serve-se.*) Muito obrigado.
Dona Basília	Sente-se um instantinho. (*O moço bonito e a senhorita sentam-se.*) Tenho pena que meu marido não esteja em casa, para ser-lhe apresentado. Ele estimaria muito conhecê-lo. (*Sentando-se também.*) Mas como está mudado este clima do Rio de Janeiro! A gente sai de casa com um dia de sol, dá uma volta, e dali a pouco desaba uma carga d'água!
A senhorita	Como o senhor se chama?

O moço bonito	Cândido Soares, minha senhora, mas todos me conhecem pelo Dodoca.
Dona Basília	Pois, seu Dodoca, apareça, o senhor fica sendo nesta casa uma pessoa de estimação.
O moço bonito	A senhora (perdoe-me que lhe diga) não faz bem oferecendo com tanta franqueza a sua casa a um rapaz que não conhece.
Dona Basília	Por quê?
O moço bonito	Não tem visto o que a *Notícia* e outros jornais têm publicado a respeito dos "Moços Bonitos"? Hoje, no Rio de Janeiro, é preciso muito cuidado: não foi só o clima que mudou. A cidade está cheia de patifes com aparências de gente séria! Vê-se um rapaz bem trajado, de maneiras distintas, bem falante, e não passa afinal de um gatuno!

A senhorita	Oh! Mas o senhor não!... Basta olhar para o senhor para ver que é um moço de boa família.
O moço bonito	Não se fiem nisso, minhas senhoras, há outros de melhor aparência que eu que são perigosos! (*Ouvem-se passos no corredor.*)
Dona Basília	Aí está meu marido. Ainda bem que chegou!
A voz do marido	(*No corredor.*) Olé! O meu guarda-chuva!... (*Entrando e trazendo na mão um guarda-chuva molhado.*) Que é isto, Basília? Apareceu meu guarda-chuva! (*Vendo o moço bonito.*) Quem é este senhor?
O moço bonito	(*Levantando-se a tremer.*) Eu... sim... eu...
A senhorita	É um moço que nos trouxe até a casa, porque chovia!
O marido	É o patife que outro dia, nos Telégrafos, roubou o meu guarda-chuva! Guardei-o de memória, mas não tinha certeza de que era ele. Ora espera que daqui não sais sem três cascudos! (*Cresce para o moço bonito, que dá um pulo que nem um macaco e desaparece no corredor.*) Olhem que vocês sempre hão de mostrar que são mulheres! Pois não têm visto o que a *Notícia* e outros jornais têm publicado a respeito dos "Moços Bonitos"? Hoje, no Rio de Janeiro, é preciso muito cuidado etc.

INSUBSTITUÍVEL!

(Na sala de jantar do Soares. É a hora do café matinal. Toda a família está sentada à mesa, empanzinando-se de café com leite e pão com manteiga. O Soares, enquanto come, lê um jornal para não perder tempo. De repente, solta uma exclamação, amarrota a folha e ergue-se. A família assusta-se.)

Todos	Que foi?
Soares	Esta só pelo diabo!
Todos	Mas que foi?
Soares	E agora? Agora é pegar-lhe um trapo quente! *(Passeia agitado, com as mãos nas costas.)*
A senhora	Mas dize o que foi, Soares.
Um dos filhos	Deixe papai, mamãe; aquilo é coisa de política!...
Soares	*(Sentando-se de novo à mesa.)* Que falta de tato!... Que ausência de critério! *(Morde furiosamente o pão e sorve um gole de café com leite.)*
Outro filho	Como papai ficou zangado!
Soares	*(Falando com a boca cheia.)* Bonita figura vamos fazer!

A senhora	Quem?... Nós?...
Soares	Nós, sim!
A senhora	Nós, quem?
Soares	Nós, o Brasil, a República, a nação! Que há de dizer o rei de Portugal?
A senhora	Esse cá não vem; talvez se limite a mandar o filho.
Soares	A estas horas tanta gente já se está preparando para visitar o Rio de Janeiro em junho de 1908.
A senhora	E então?
Soares	E então é que toda essa gente vai desfazer as malas! A Exposição é transferida, ou por outra não há mais Exposição!
Os meninos	Não há mais Exposição?
Soares	Não há, não pode haver! A Exposição é impossível!...
Todos	Por quê?
Soares	Porque o Heitor de Melo se retirou! (*Entreolham-se todos.*)
A senhora	Só por isso?
Soares	Achas pouco?
A senhora	Decerto. Então o Heitor de Melo...
Soares	É insubstituível! Como queres que haja Exposição sem o Heitor de Melo? Que fiasqueira! (*Dá outra dentada no pão e sorve outro gole de café.*)

O JURADO

(Na sala de jantar do Timóteo, que não está em casa. A senhora e a senhorita cosem silenciosamente. A senhora suspira.)

A senhorita — Por quem suspira, mamãe?
A senhora — Ainda o perguntas!
A senhorita — Por papai?
A senhora — Por quem há de ser, menina? Por teu pai! Tanto tempo sem vê-lo!... Malditos Rocca e Carletto!
A senhorita — É uma fatalidade! Sempre que há um júri cacete, que entre pela noite, papai não escapa: é sorteado.
A senhora — Coitado! E ele que não gosta de passar a noite fora de casa! Imagino como terá sofrido!... Então agora que se tem queixado tanto do fígado!... *(Abre-se a porta. Aparece Timóteo. Figura de tresnoitado. Grandes olheiras. As senhoras correm a abraçá-lo e beijá-lo.)*
Timóteo — *(Caindo numa cadeira.)* Estou em casa!... Estou no seio da família! Parece-me um sonho!...
A senhora — Aborreceste-te muito?
Timóteo — Não me fales! Ainda se estivéssemos no inverno! Mas com esse calor! Diabo leve o dever cívico!...
A senhorita — Mas papai não tem o colarinho nem os punhos muito amarrotados!...

Timóteo	Pois olha! Deviam estar!
A senhora	Então aqueles bandidos foram condenados?
Timóteo	Só foram julgados o Rocca e a Leopoldina... Oh! Se fossem todos, talvez eu não voltasse à casa antes do Natal!... Mas vocês não sabiam disso?
A senhora	Como havíamos de saber, se não lemos jornais? Mas o Rocca? Apanhou os trinta anos?
Timóteo	Apanhou.
A senhorita	Por unanimidade?
Timóteo	Não: por onze votos.
A senhora	Quem foi esse não-sei-que-diga que votou a favor dele?
Timóteo	Fui eu. (*Espanto das senhoras.*) O homem defendeu-se bem... diz que é inocente... que aquela famosa confissão lhe foi arrancada à força... que o delegado Caetano fingiu que as joias estavam no quintal dele... Desconfiei do tal Caetano... Na opinião do Seabra, o defensor, é pior que o Rocca! Enfim, se vocês estivessem lá, ficariam abaladas, como eu fiquei!...
A senhora	Mas foste o único...
A senhorita	O Rocca devia ter sido muito bem defendido: o Seabra tem muito talento. Antes de ser ministro...
Timóteo	É outro Seabra; não é esse que tu pensas.

A senhora Eu, se pudesse, condenava à morte aquele facínora do Rocca!

Timóteo Pois eu o absolvi! Sei lá! Tem-se visto tanta coisa! Não quero ter remorsos! (*Erguendo-se.*) Mas deixem-me ir para o meu quarto... Estou morto por dormir uma soneca. (*Entra para o quarto e fecha-se por dentro. Senta-se à mesa e escreve uma carta.*) "Meu bem. Pediste-me que, logo que chegasse a casa te escrevesse, para tranquilizar-te. Obedeço. Não houve novidade. Minha mulher engoliu a pílula: supõe que passei a noite no júri. Prometo-te que, para o julgamento do Carletto, serei outra vez sorteado. Mil beijos do teu saudoso Timóteo." (*Fecha a carta e vai à janela entregá-la a um carregador que esperava na rua.*)

CADEIRAS AO MAR

(Na sala de visitas de madame em noite de recepção. Muita gente. Conversa-se animadamente. Entra o doutor Melinho.)

A dona da casa	Bravo! Chegou o doutor Melinho! É impossível que não traga uma novidade!...
Melinho	Trago, sim, senhora, e uma grande novidade! (*Movimento de atenção. Silêncio geral.*) Fomos ainda uma vez insultados pelos argentinos.
Todos	Como assim?
Melinho	A coisa passou-se a bordo do *Thames*, que entrou hoje. Vinham nesse paquete muitos brasileiros e argentinos. Um destes entendeu que devia implicar com os nossos patrícios, e fez-lhes todas as picuinhas imagináveis! Por fim, de que havia de se lembrar o gringo? Dou um doce a quem adivinhar!
Um deputado	Ninguém adivinha.
Todos	Diga!
Melinho	Como é sabido, toda a gente que viaja em paquete leva uma cadeira para bordo – uns de vime, outros de lona, outros...
Uma senhora	Sim, já se sabe... vamos adiante...
Melinho	Pois bem, o argentino agarrou em todas as cadeiras dos passageiros nossos patrícios, e atirou-as ao mar!...

Todos	Oh!...
Um deputado	Mas que desaforo!...
Um funcionário público	Se eu estivesse lá, partia-lhe a cara!...
Um juiz	Que dirá o governo?
Um militar	E falam em desarmamento!... Venham navios, muitos navios e quanto antes; mas navios em que não haja cadeiras de vime nem de lona, mas canhões de bronze!
Muitas vozes	Apoiado!...
A dona da casa	Qual é a sua opinião, conselheiro? (*O Conselheiro é um velho servidor do Império, que se conservava calado e indiferente.*)

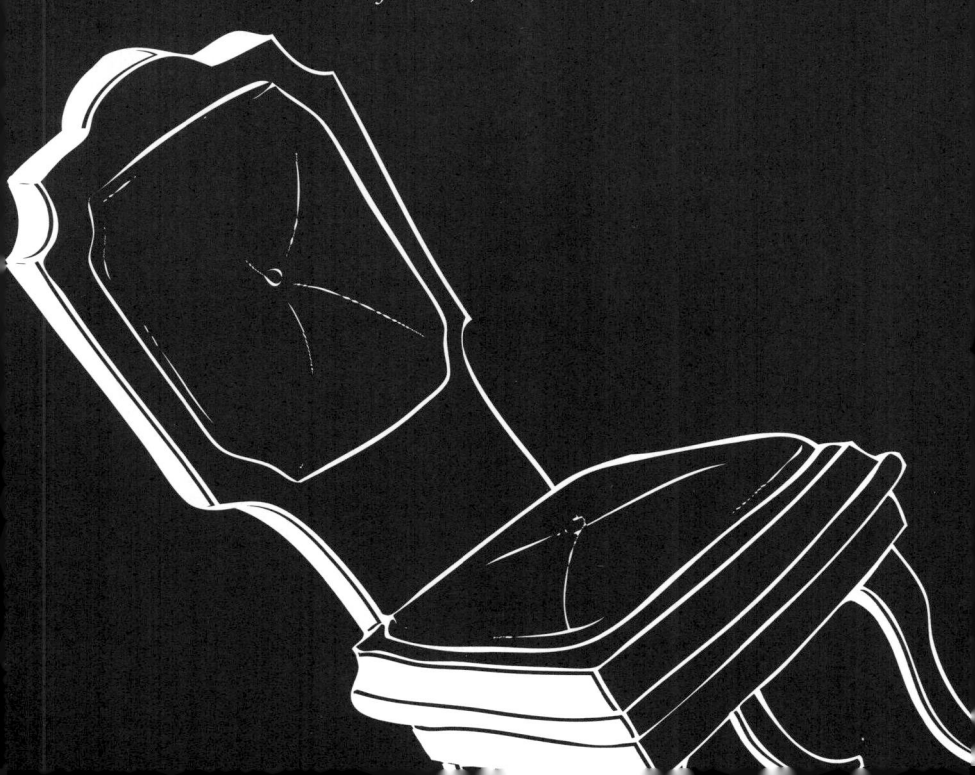

O conselheiro	A minha opinião já nada mais vale, minha senhora; eu sou do tempo antigo... sou um fantasma do passado...
O deputado	... Mas não lhe parece que este insulto?...
O conselheiro	Que insulto? Então o meu amigo supõe que o Brasil, este colosso, pode ser insultado por um bêbedo ou por um doido? No meu tempo ninguém imaginava que a pátria pudesse ser injuriada por qualquer *quidam*![14] Esse argentino, que atirava cadeiras ao mar, tanto poderia ser argentino, como francês, espanhol ou italiano! Não me parece justo nem sensato responsabilizar um país inteiro pelos desatinos que pratica um de seus filhos. Conheço muitos brasileiros que seriam capazes de fazer a mesma coisa, e que culpa teria disso o Brasil?
Melinho	Perdão, qual seria o brasileiro?...
O conselheiro	Capaz de atirar ao mar as cadeiras de bordo? Ora! Tantos! E seriam capazes até de atirá-las com os argentinos em cima! Juízo, juízo, rapazes!...

---

14. Indivíduo sem importância.

OS QUINHENTOS

(O Saraiva e dona Florentina, sua mulher, dormindo na mesma cama, ao lado um do outro. São seis horas da manhã.)

O Saraiva	(*Sonhando.*) Agora a coisa é outra! Acabou-se a pobreza!...
Dona Florentina	(*Acordando.*) Que é isso, Saraiva? Sossega!...
O Saraiva	(*Acordando.*) Hein?
Dona Florentina	Estás maluco?
O Saraiva	Que magnífico sonho! Ah! Se ele se realizasse!...
Dona Florentina	Qual era o sonho?
O Saraiva	Sonhei que tiramos os quinhentos contos!
Dona Florentina	Não seria coisa do outro mundo, porque nós temos um bilhete inteiro.

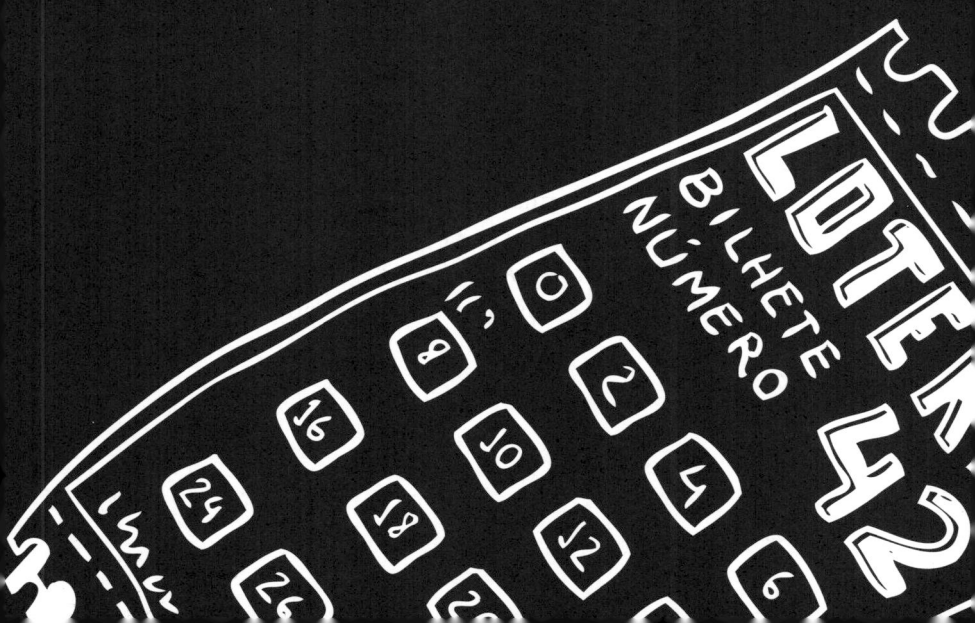

O Saraiva	Por sinal que comprado com muito sacrifício... Por causa desse bilhete durante um mês não se beberá vinho nesta casa!
Dona Florentina	Mas também se vierem os quinhentos...
O Saraiva	Daqui a pouco, em chegando *O País*, saberemos qual foi a nossa sorte. A roda correu ontem, mas eu gosto de esperar pelos jornais para consultar a lista.
Dona Florentina	Se apanharmos os quinhentos, a primeira coisa que devemos fazer é comprar uma chácara em Botafogo.
O Saraiva	Em Botafogo? Estás doida! Eu não gosto de Botafogo.
Dona Florentina	Gosto eu!
O Saraiva	Já tenho uma propriedade de olho em Santa Teresa.
Dona Florentina	Santa Teresa? Deus me livre!
O Saraiva	Mas disso só trataremos depois de nossa viagem à Europa.
Dona Florentina	Que Europa, que nada! Não temos nada que fazer na Europa!
O Saraiva	Ora essa! Então você julga que se apanharmos os quinhentos contos não levo os pequenos para serem educados na Alemanha?
Dona Florentina	Espere por isso! Não me separo dos meus filhos!...

O Saraiva	Já vejo que não há meio de nos entendermos! Mas quem manda aqui sou eu!...
Dona Florentina	O melhor é dividirmos o dinheiro, e ir cada qual para seu lado!
O Saraiva	(*Sentando-se na cama.*) A senhora propõe-me uma separação?
Dona Florentina	Naturalmente. Uma vez que não nos entendemos. (*Batem à porta.*)
O Saraiva	É a criada com *O País*. (*Vai abrir a porta, toma* O País *das mãos da criada, e consulta a lista da loteria.*) O nosso bilhete está branco!... Felizmente!... Se apanhássemos os quinhentos contos, seria a nossa desgraça!

COMO SE ESCREVE A HISTÓRIA

(Nos fundos de uma venda. Alguns fregueses estão sentados e bebem. Entra Zacarias, bamboleando o corpo, de calças bombachas, paletó branco, lenço ao pescoço, cigarro atrás da orelha, chapelete de palha posto à banda e cobrindo-lhe parte apenas da vasta carapinha penteada.)

Zacarias	*(Quase áfono.)* Chefe, traga três de parati com ela e sifão! *(Senta-se.)*
Primeiro freguês	Ó Zacarias, você está rouco! Que foi isso?
Segundo freguês	Ora, o que *havera* de ser! Patuscada de massidras! Modinhas por cima do tempo! O pinho roncou toda a noite!
Zacarias	Te enganaste! Estou rouco porque dei muitos vivas ao meu patrício, o Rui Barbosa!
Todos	Ah!
Zacarias	Aposto que você não foi ao desembarque. Pois eu fui, eu, que sou baiano, fique tudo sabendo, e o Rui Barbosa também é da Bahia. E além de ser baiano, baiano da gema, nascido na ladeira do Bom Gosto do Canela, sou brasileiro e sou patriota. Sabem? Ora, muito que bem! Olhe esse parati!
Terceiro freguês	Mas afinal que fez o tal Rui Barbosa para ter uma festa assim, que iça tudo bandeirinha branca "Salve, Rui Barbosa! Salve, Rui Barbosa! Salve, Rui Barbosa!" e carro e *otomóveis* que nunca mais acabava?

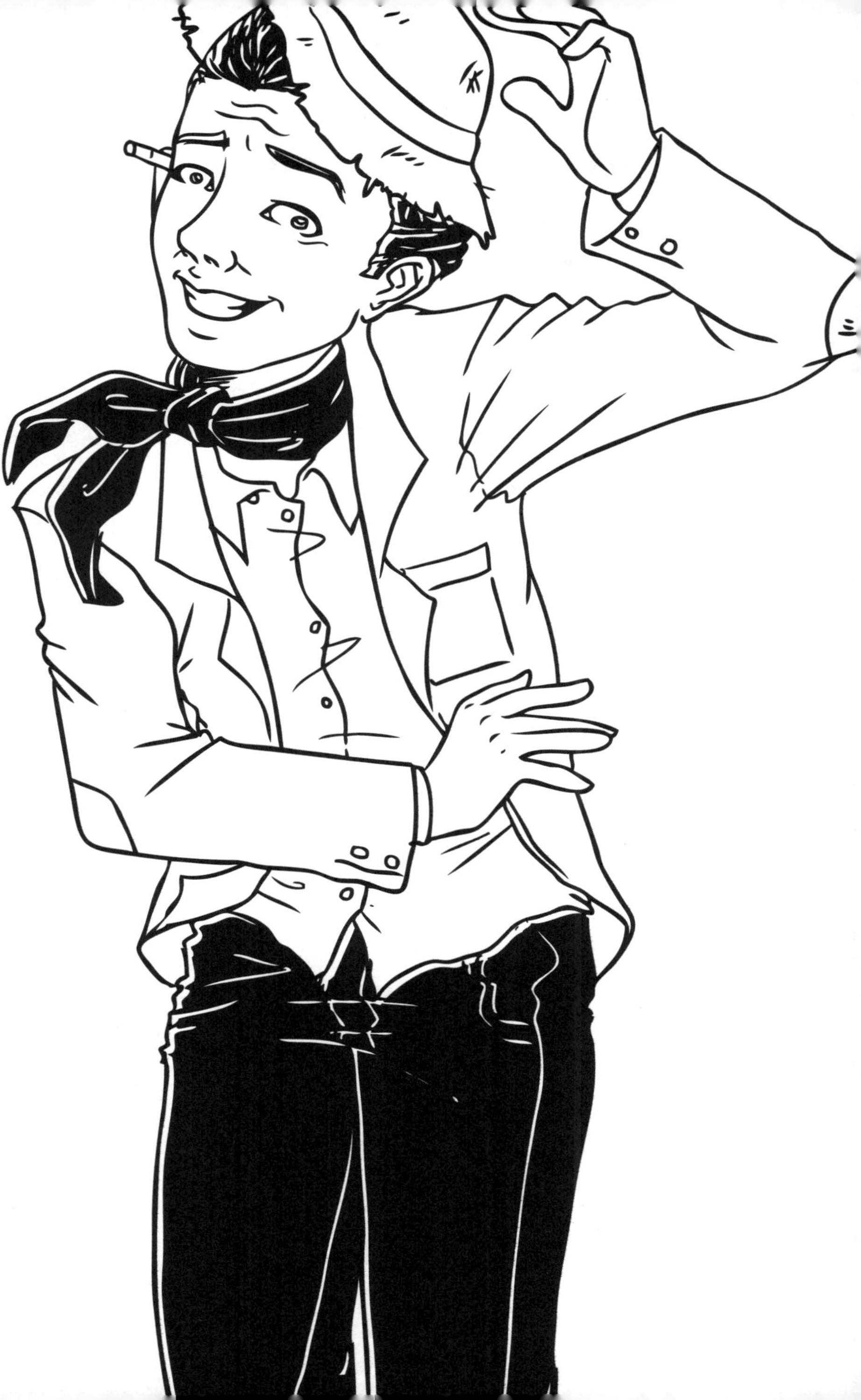

Zacarias	Que fez? Pois você, seu trouxa, é brasileiro e pergunta o que fez Rui Barbosa?
Terceiro freguês	Pergunto porque não sei, e não sei, porque não entendo da hermenêutica.
Zacarias	Pois fique sabendo que aquele baiano pequenino e de cabeça grande que aí está foi representar o Brasil na Conferência de Haia!
Primeiro freguês	Haia?
O dono da venda	(*Que serviu o parati, a goma e o sifão.*) Sim, Haia; é a capital da Holanda, a terra de onde vêm aqueles queijos que ali tenho à porta e por sinal que estão vendidos.
Segundo freguês	No tempo de dantes aia era só da princesa e da imperatriz... agora é a capital da Holanda. A república mudou tudo!
Terceiro freguês	Mas o que era a tal Conferência? Eles *conferia* alguma coisa?...

Zacarias	Oh, meu Deus! Quanto custa lutar com a ignorância crassa! (*Resignado.*) Não, senhor... A Conferência era a reunião de todas as grandes nações para dividir entre si as pequenas... O Brasil foi convidado, por ser também grande nação... e o Rui Barbosa foi representar o Brasil... Mas, quando o cabra chegou lá, disseram a ele que tinha havido engano, que o Brasil era nação pequena, porque não tinha soldados e encouraçados em penca... e portanto devia entrar também na divisão. Foi então que o baiano velho soltou o verbo, e pôs toda aquela gente de cara à banda! Foi mesmo água na fervura! Cada um foi para sua casa com o rabinho entre as pernas, e as nações pequenas não *teve* nada. Está aí o Nicolau, chefe; dê cá o troco. (*Guardando o troco.*) Boa noite, pessoal. (*Sai gingando.*)
Primeiro freguês	Este diabo é malandro, mas tem cabeça.
O dono da venda	(*Limpando com uma toalha imunda a mesa em que se serviu Zacarias.*) Tem muita leitura, tem.

CENA ÍNTIMA

(Em casa do Pacheco. Ele está sentado a sobrescritar envelopes. Dona Henriqueta, sua esposa, cose a um lado da sala.)

Pacheco — Irra! Não posso mais!... Queres saber quantos envelopes já sobrescritei hoje? Para mais de duzentos! Foi você que me meteu nesta maçada!...

Dona Henriqueta — Assim é preciso, Pacheco; nós estamos esquecidos, as nossas relações diminuem em vez de aumentar. Lembra-te que Bonitinha já está em idade de casar, e nós, se fizermos vida de frades, não encontraremos jamais um genro que nos convenha! Olha o Barroso: não perde um piquenique americano, argentino nem chileno, e já está preparando a família para as festas da recepção de Dom Carlos...

Pacheco — O Barroso tem outros recursos que eu não tenho.

Dona Henriqueta — Pois sim, mas já casou quatro filhas!...

Pacheco — Pudera! Metendo-as à cara dos rapazes! *(Levando a mão ao estômago.)* Ai!

Dona Henriqueta — Que é?

Pacheco — Estou sentindo desde ontem uma pontada no estômago. Creio que é da goma.

Dona Henriqueta — Que goma?

Pacheco	A goma dos selos do Correio. Olha que passei a língua em mais de duzentos selos.
Dona Henriqueta	Por que não te serves de uma esponja?
Pacheco	Agora é tarde; já todos os envelopes estão selados.
Dona Henriqueta	Não creio que fosse dos selos. Se fosse, a língua ficaria doente antes do estômago. Mandaste um cartão ao Coronel Sepúlveda?
Pacheco	Mandei.
Dona Henriqueta	Assim, ele não se esquecerá de nos convidar para a *soirée* no dia dos seus anos, a cinco de fevereiro.
Pacheco	Ano passado não nos convidou...
Dona Henriqueta	Mas este ano há de nos convidar, verás! E será conveniente: em casa dele reúne-se muito boa sociedade.

Pacheco	(*Fazendo uma careta.*) Um pouco misturada.
Dona Henriqueta	Sai-te daí! Misturada o quê!...
Pacheco	Tu sabes em quanto já nos andam estes cartões, envelopes e selos?
Dona Henriqueta	Já te disse que está suprimido o vinho à mesa durante uma semana. Fica uma coisa pela outra!
Pacheco	E as tais festas? É um inferno! Toda gente quer festas – os criados, o homem do lixo, o guarda-noturno, o carteiro... o carteiro, que durante o ano só me trouxe duas cartas, uma com a notícia da morte de meu irmão e outra com uma descompostura do senhorio!... E quer festas ainda em cima!...
Dona Henriqueta	Não as negue, Pacheco; suprimiremos a manteiga, se quiseres, mas não negues festas a essa gente! Olha que as aparências valem tudo! Se dermos parte de fracos, estamos perdidos!...
Pacheco	Pois sim, mas cada qual sabe das linhas com que se co... (*Levando a mão ao estômago.*) Ai! Cá está ela, a tal pontada! Decididamente foi a goma dos selos, foi a falta de vinho ao jantar! O meu estômago está habituado ao vinho!... Malditas conveniências sociais, que me transformaram a língua em esponja!...

QUE PERSEGUIÇÃO!

(O Anacleto bate à porta da casa em que reside a Catuta, sua bem-amada, a quem sustenta. Catuta leva muito tempo a abrir-lhe a porta. Abre-a finalmente.)

O Anacleto (*Entrando.*) Que diabo! Por que estavas assim tão fechada? É contra o teu costume! (*Catuta vai a falar.*) Não digas!... Já sei por que foi, e tens toda a razão! Neste momento, no Rio de Janeiro, para uma mulher como tu, que vive sozinha, é um perigo não estar com a porta fechada! Ainda ontem à noite invadiram as casas de todas as mulheres da rua do Regente! Foi preciso intervir a polícia! Eles são terríveis!
Catuta Mas... eles quem?
O Anacleto Como "eles quem"? Pois não foi por causa deles que fechaste a porta?
Catuta Ah! Sim, foi por causa deles, foi...
O Anacleto Refiro-me aos tais marinheiros americanos! Tu sabes que eu não gosto nem de americanos nem de marinheiros...

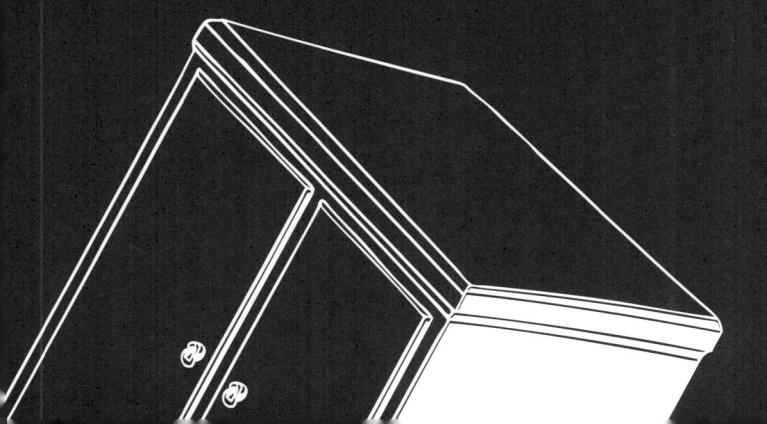

Catuta	Tu também não gostas de nada.
O Anacleto	Gosto de ti e é quanto basta. (*Continuando.*) Não gosto deles e encontro-os em toda parte onde vou. Encontrei-os hoje em todas as ruas que percorri, em todas as casas onde entrei, na minha repartição, no barbeiro onde fiz a barba, no restaurante onde jantei, no botequim onde tomei café, na charutaria onde comprei cigarros, nos bondes que tomei, em toda a parte! Que perseguição! Dir-se-ia uma nuvem de gafanhotos — de gafanhotos brancos — que caiu sobre a cidade! Ah! Mas hoje fecho-me aqui contigo até amanhã, para ver nem mais um marinheiro americano! Irra! Que perseguição! (*Ouve-se um espirro. Catuta estremece.*) Que é isto?
Catuta	Isto quê?
O Anacleto	Ouvi um espirro.
Catuta	Engano teu! (*Ouve-se outro espirro.*)
O Anacleto	Outro! E partiu ali do guarda-roupa! Catuta, está um homem ali escondido! E um homem constipado!
Catuta	Que ideia!
O Anacleto	Por isso é que levaste tanto tempo a abrir a porta! (*Vai ao guarda-roupa, abre-o e sai de dentro um marinheiro americano.*) Oh!
O marinheiro	*Goodbye, sir!*
O Anacleto	Que perseguição!...

UM HOMEM QUE FALA INGLÊS

(Em casa de Tristão, que entra da rua e se atira num canapé.)

Tristão	*(Dirigindo-se a dona Clara, sua mulher.)* Ai, filha! Estou derreado! Não posso mais!
Dona Clara	Naturalmente! Não estás habituado a essas patuscadas!
Tristão	Mas que queres? Convidam-me; e, em se tratando de festas oficiais, desde que um funcionário é convidado, não pode faltar!
Dona Clara	Mas estou abismada! Até hoje não te haviam convidado nunca para a festa mais insignificante, e, de repente, és convidado para todas!
Tristão	Para todas não! Olha, para a recepção do Rui Barbosa ninguém me convidou... Vai chegar outro brasileiro... o Irineu Machado... Já distribuíram os convites: não apanhei nenhum!

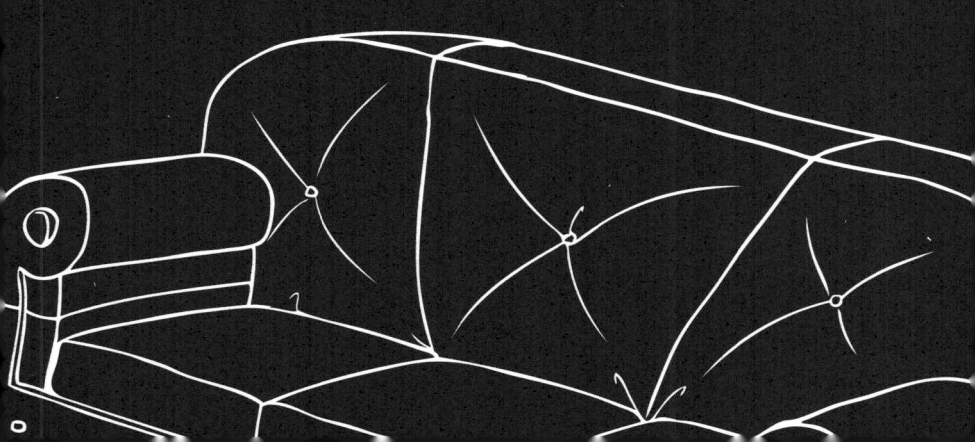

Dona Clara	É pena; seria uma grande honra para ti, e mesmo para tua mulher e teus filhos, receberes um abraço ou um aperto de mão desse político!
Tristão	Só me convidam para festas americanas, e já descobri a razão...
Dona Clara	Qual é?...
Tristão	É porque falo inglês!
Dona Clara	Mas o teu inglês é tão mau...
Tristão	Sim, não é precisamente o de Shakespeare... Aprendi-o quando fui caixeiro do *ship chandler's*[15] na Prainha... mas por isso mesmo; é inglês de bordo...
Dona Clara	Perdão, mas os oficiais são educados...
Tristão	Não há dúvida, mas para os oficiais convidam pessoas que falem um inglês mais literário que o meu. Não imaginas, filha! Não há quem fale inglês e não tenha sido aproveitado! Os americanos hão de voltar daqui convencidos de que a língua de Pope nos é tão familiar como a nossa!
Dona Clara	Ainda se te pagassem alguma coisa...
Tristão	Não levam até esse ponto a amabilidade; entretanto, graças aos meus conhecimentos da língua inglesa, arranjei um biscate que rende pouco, mas rende...
Dona Clara	Sim?

15. Fornecedor de suprimentos para navio.

Tristão	Estou encarregado de redigir em inglês os anúncios de um cinematógrafo! Infelizmente é uma ocupação muito passageira...
Dona Clara	Quem diria que o teu inglês te faria ganhar dinheiro?
Tristão	Essas prendas são sempre úteis, e o saber não ocupa lugar. Não calculas quantas vezes, por essas ruas, tenho servido de intérprete aos marinheiros americanos, e o ar admirativo com que as pessoas do povo me contemplam, parecendo dizer: "Ele sabe inglês!... ele sabe inglês!..." (*Batem à porta. Dona Clara vai ver quem é, e volta com uma carta, que entrega ao marido.*) Quem? (*Abre a carta e lê.*) Então?... Quando te digo!...
Dona Clara	Que é?
Tristão	(*Lendo.*) "Como o amigo fala perfeitamente o inglês, peço-lhe que acompanhe, no bonde especial, a banda americana que vai tocar logo à tarde no Campo de São Cristóvão." Estás vendo? Não chego para as encomendas! Grande coisa é saber falar inglês!

QUEM PERGUNTA QUER SABER

(No terraço. O Machado e sua esposa, repimpados em cadeiras de balanço, fazem o quilo de saboroso jantar.)

Ela	Ó Machado?
Ele	Vai dizendo.
Ela	Que coisa é esta de Centenário da Abertura dos Portos?
Ele	Quer dizer que há cem anos os portos foram abertos.
Ela	Mas que portos?
Ele	Os portos do Brasil.
Ela	Então os portos do Brasil foram abertos?
Ele	Foram.
Ela	Dantes eram fechados?
Ele	Certamente que sim; se não fossem fechados, não poderiam ser abertos.
Ela	O nosso porto, o porto do Rio de Janeiro, por exemplo, era fechado?
Ele	O nosso e os outros – o porto de Santos, o porto da Bahia, o porto do Pará...
Ela	*(Continuando.)* O Porto Alegre, o porto das Caixas, o Porto Novo do Cunha...
Ele	*(Interrompendo-a.)* Cala-te! Não diga asneiras! Falo dos grandes portos!
Ela	Mas vem cá, Machado... por que é que eles estavam fechados?
Ele	Estavam fechados porque não estavam abertos.

Ela	E não estavam abertos, porque estavam fechados. Fiquei na mesma. O que eu quero saber é como eles estavam fechados! Sei como se fecha uma porta, mas não sei como se fecha um porto!
Ele	É estilo figurado, minha tola! Não se diz que uma questão está aberta?... Não se diz que a discussão está fechada? Não quer dizer que haja uma chave para abrir a questão ou a discussão... Assim um porto pode estar fechado; percebeste?
Ela	Não.
Ele	Valha-te Deus! Não sei o que aprendeste nas Irmãs!
Ela	Bom; não é preciso ficares de cara fechada!
Ele	Ora aí tens! Cara fechada! Estilo figurado! Estou de cara fechada, mas não preciso de uma chave para abri-la! Que quer dizer cara fechada? Cara de alguém que se zanga! Há diversos modos de estar fechado! Uma discussão, uma cara ou um porto não podem estar fechados pelo mesmo processo ou pelo mesmo sistema que um quarto e uma gaveta! Está visto que não se põe uma tranca nem um cadeado num porto!
Ela	Bom, não insisto. (*À parte.*) Ele sabe tanto como eu o que é um porto fechado.
O doutor	(*Entrando.*) Ora, muito boa tarde! Cheguei a tempo para o café?

Ela	Chegou à deixa! Ele aí vem. (*Entra um criado com a bandeja do café, e serve.*)
O doutor	Vim hoje um pouco mais tarde, porque fui ver um doente, e não me demoro porque o tempo está-se fechando!
Ele	(*A ela.*) Ouves? "O tempo está-se fechando!" *Quedê* a chave do tempo?
Ela	(*De mau modo.*) Basta!...
O doutor	Que é isto? Vocês estão a disputar?
Ele	Não faça caso, meu sogro, ela...
Ela	Deixe-o falar, papai; ele... O caso é este: como é hoje o Centenário da Abertura dos Portos, eu perguntei-lhe o que são portos abertos; ele não mo soube explicar, começou a falar à toa, eu impacientei-me...
O doutor	A explicação é fácil: portos abertos são aqueles em que é permitida a entrada de embarcações estrangeiras e portos fechados aqueles onde as embarcações não podem entrar.
Ela	Ah! Isso sim! Agora, sim, senhor! Agora sei o que é um porto aberto! Obrigada, papai!
Ele	Uff!

MODOS DE VER

(A cena passa-se num salão onde se acham reunidas algumas senhoras, cada qual mais frívola.)

Primeira senhora	O assassinato do rei de Portugal veio desmanchar muitos planos!
Segunda senhora	Não me fale! Eu fazia tenção de me divertir tanto este inverno!...
Terceira senhora	Eu já tinha prevenido a meu marido que não havia de faltar a uma festa.
Quarta senhora	Nenhuma de vocês está contrariada como eu!
Todos	Por quê?
Quarta senhora	Como sabem, o comendador tinha tomado uma parte muito ativa nos preparativos da recepção de Sua Majestade...
Primeira senhora	O comendador?
Quarta senhora	Sim, meu marido; eu só o chamo de comendador.
Todas	Ah!
Quarta senhora	Ele ia ser uma das figuras mais salientes dos festejos, e o resultado, minhas amigas, seria a realização do meu sonho dourado!

Todas	Qual?
Quarta senhora	Pois ainda não adivinharam? Ser titular!... Com toda a certeza meu marido seria barão, se não fosse visconde! E eu confesso... Chamem-me tola, se quiserem, mas confesso: estou farta de ser dona Faustina... Mas o meu sonho lá se foi por água abaixo! Estou furiosa!...
Quinta senhora	(*Muito política.*) Quem deve estar mais furioso é o Nilo!...
Todas	O Nilo?...
Quinta senhora	Sim, o Nilo, e eu lhes digo por quê. Se o rei de Portugal viesse ao Brasil, o Afonso Pena estaria na obrigação de lhe pagar a visita...
Todas	Decerto.
Quinta senhora	Pois bem; se o Afonso Pena fosse a Portugal, o Nilo, que é vice-presidente, ficaria na presidência.
Todas	E daí?
Quinta senhora	Pois não percebem? Valha-as Deus! Vocês não têm nada de políticas! Se o Nilo se apanhasse na presidência da República, faria imediatamente o Backer fora da presidência do Estado do Rio! Eram favas contadas!...
Todas	Tem razão.
Quinta senhora	Ora aí está outro sonho que foi água abaixo, como o de dona Faustina!

SILÊNCIO

(Pela manhã cedo. A senhorita Laura acabou de ler O País. *Dona Cândida, sua mãe, está sentada, à espera do café.)*

Laura	Estou indignada!... Então no Brasil não se tem o direito de ser republicano?
Dona Cândida	Não, minha filha; só se tinha esse direito no tempo do Império!
Laura	Nesse caso...
Dona Cândida	(*Assustada.*) Cala-te! Olha o homem do lixo! (*Efetivamente o homem do lixo entra e atravessa a sala de jantar.*)
Laura	(*Depois de o homem do lixo ter passado.*) É preciso reagir. Se eu fosse homem...
Dona Cândida	Bico! Aí vem o homem do lixo! (*O homem do lixo sai.*)
Laura	Até diante do homem do lixo não temos o direito de ser da nossa opinião! Ah! Mas isso não pode continuar assim... e eu...

Dona Cândida	Por amor de Deus nem uma palavra! Vem aí o senhor Joaquim, com o café. (*Entra o copeiro e serve o café, que traz numa bandeja.*)
O copeiro	O padeiro ainda não veio, ó patroa!
Dona Cândida	Não poderá tardar. (*O copeiro sai, lançando um olhar à senhorita Laura.*) Viste o olhar que ele te lançou? Desconfio que te ouviu dizer que eras republicana!...
Laura	Mas isto é mesmo sério? Não posso dizer que sou?...
Uma voz no corredor	Padeiro!...
Dona Cândida	Cala-te, minha filha! Se o padeiro te ouvisse!...

Laura	Ora, mamãe! Isto é ridículo!...
Dona Cândida	Cuidado! Olha o senhor Joaquim! (*O copeiro passa para ir buscar o pão no corredor.*)
Laura	Não se pode viver aqui! Estou com vontade de passar uns dias em casa da tia Antoninha.
Dona Cândida	Em toda a parte é a mesma coisa, minha filha! Lá também não poderás dizer que és repub... oh, diabo! (*Interrompe-se, vendo entrar o copeiro com o pão. O copeiro retira-se, lançando a dona Cândida um olhar desconfiado.*) Parece que ele ouviu!
Laura	Vá lhe pedir perdão, mamãe!
A voz do copeiro	(*Na cozinha.*) Se são republicanas, não fico aqui nem mais um dia!...
A voz da cozinheira	Cala a boca, seu Joaquim!...
Laura	Despeça aquele insolente, mamãe!...
Dona Cândida	Deixa-o! Se eu o despedisse, teu pai seria capaz de o readmitir e eu ficaria desmoralizada.
Laura	Isso é verdade!
Dona Cândida	Bem sabes que teu pai não quer que nesta casa de fale em república!
Laura	E no entanto – vê como são as coisas! Eu sou a mais ardente das re...
Dona Cândida	(*Correndo a ela e tapando-lhe a boca.*) Cala-te, desgraçada, aí vem teu pai! (*Entra o pai de robe de chambre e gorro de veludo.*)

O NOVO MERCADO

(No novo mercado construído à praia de Dom Manuel. É o dia da inauguração. Muita gente. Vendedores, compradores, grupos de curiosos.)

Primeiro curioso — O melhoramento não é lá essas coisas!
Segundo curioso — Como não é lá essas coisas? Então você quer comparar este mercado com o outro?
Primeiro curioso — A casa é nova, mas os inconvenientes são os mesmos, e você há de ver que daqui a meses vamos ver aqui tanta porcaria como no mercado velho! A alimentação pública no Rio de Janeiro continua a ser um problema sem solução! E vá ver! Tudo aqui é pela hora da morte! Nesta terra só os estômagos ricos podem ter caprichos!
Segundo curioso — Quer você dizer...
Primeiro curioso — Quero dizer que no Rio de Janeiro não se come, meu caro! *(Passam.)*
Uma quitandeira — *Diablo* de coisa. *Plemelo* que *turo* se *costume* a *mlecado* novo, vai *passá* tempo! *Pla* quê tanta *falofa* de casa de *flelo* pintadinha de *vlemelo*...
Um vendedor de miúdos — Que está você aí a falar, ó tia?
A quitandeira — Que se *implota* você? Vai *plo diablo*!

O vendedor de miúdos	Vá você! Olha a jararaca! (*A quitandeira responde com uma obscenidade. Uma senhora que vai passando fica muito vermelha e apressa o passo.*)
Um guarda	(*Que viu e ouviu.*) A senhora não pode dizer palavradas!
A quitandeira	Esse *bulo faze zente dizê plocalia*! Vai *plo diablo* que te *calegue*!...
Um negociante	(*À porta falando a outro.*) Já viste a cara desconsolada com que está o Almeida?
O outro	Por que será?
O negociante	Aqui não pode ele fazer liquidações pelo fogo...
O outro	Homem? Quem sabe? Queimam-se os gêneros...
Um carregador	(*A outro.*) Ó *Manel*, que me dizes tu desta droga?
O outro	Está um b'leza, mas *ê* cá sou franco: prefiro o *oitro*.
Primeiro carregador	*Pru* quê?...
Segundo carregador	Sei lá! Já estava acostumado... era mais alegre... tinha *nam* sei o que qu'a este falta!...
Primeiro carregador	*Nam* era *tam* limpo!
Segundo carregador	Talvez seja pr'isso que *ê* mais estranho... Pois se *ê* sou sujo, *tanho vurgonha* d'estar no limpo!...
Primeiro carregador	A mim, ó *Manel*, o qu'aqui me falta é... *nam* adivinhas?
Segundo carregador	Qu'é?
Primeiro carregador	O qu'aqui me falta e t'há de faltar, também a ti, é o cheiro.

Segundo carregador	Ah! Isso é!
Primeiro carregador	A gente já estava habituado àquele cheiro de maresia e laranja podre!
Segundo carregador	Mas *tãi* paciência, que pr'estes dias mais *chigados* o cheiro aí está!
Primeiro carregador	Deus o *traiga*! (*A um sujeito que passa, como que procurando alguém ou alguma coisa.*) Quer carregador, patrão?
O sujeito	Por quanto você me leva aquele cesto ali à praça Tiradentes?
Primeiro curioso	Três *man* réis.
O sujeito	Nunca paguei mais de dois! E era caro!
Primeiro curioso	Pois sim, mas o *mircado* era mais perto! Agora é *oitro* cantar!...
O sujeito	Não quer levar o cesto pelos dois mil-réis? (*O carregador meneia desdenhosamente a cabeça e põe-se a assobiar. O sujeito passa.*)
Primeiro curioso	Que grande pulha!...:
Um curioso	(*Vindo ao proscênio, pensativo.*) Quando haverá no Rio de Janeiro um mercado decente?

A DISCUSSÃO

(No jardim da casa do Beltrão, a senhora e a senhorita estão sentadas debaixo de uma velha mangueira.)

A senhora — Que maçada! São horas de jantar e teu pai lá está na sala de visitas, com um sujeito que não o larga...

A senhorita — Devem tratar de algum assunto importantíssimo!

A senhora — Não há dúvida. Já fui escutar à porta, mas não pude ouvir nada; apenas chegavam aos meus ouvidos palavras soltas como *vitória, riqueza, dinheiro, ideias...*

A senhorita — Ideias?... Então deve ser política! Quem sabe se papai quer ser deputado?

A senhora — Qual política! Teu pai teve sempre o bom senso de não querer saber disso! O assunto da conversa deve ser comercial. Trata-se, talvez, da criação de algum banco, ou da organização de alguma nova empresa. Teu pai há muito tempo anda com ideias de criar um banco auxiliar da pequena lavoura, porque no pequeno lavrador, diz ele, está o futuro do Distrito Federal. *(Nisto ouvem-se na sala de visitas vozes que se alteram.)*

A voz da visita — Não diga isso, senhor Beltrão! Não diga isso!...

211

A voz do Beltrão	Digo e redigo, porque é verdade! O nosso triunfo foi incontestável!...
A voz da visita	Perdão, mas... (*As vozes confundem-se. Beltrão e a visita altercam. As senhoras levantam-se assustadas.*)
A senhora	Que diabo! Dir-se-ia que a conversa degenerou em briga!...
A senhorita	Não se entenderam, talvez, sobre as bases do novo banco...
A senhora	Não! Aquilo é outra coisa... é um devedor de teu pai que veio declarar-se falido e pedir moratória!
A visita	(*Gritando.*) Isso é mentira! O senhor mente!...
Beltrão	(*Gritando.*) Eu minto?!...
A visita	(*Idem.*) Por quantas juntas tem!
Beltrão	(*Idem.*) Ó cachorro, pois tu vens à minha casa dizer-me nas bochechas que minto?! Toma!... (*Ouve-se estalar uma bofetada, e em seguida o barulho de cadeiras e vasos que se quebram. As duas senhoras gritam. Acodem criados. Abre-se a porta da sala de visitas. Beltrão e seu contendor aparecem engalfinhados, e rolam a escada, vindo ambos parar no jardim.*)

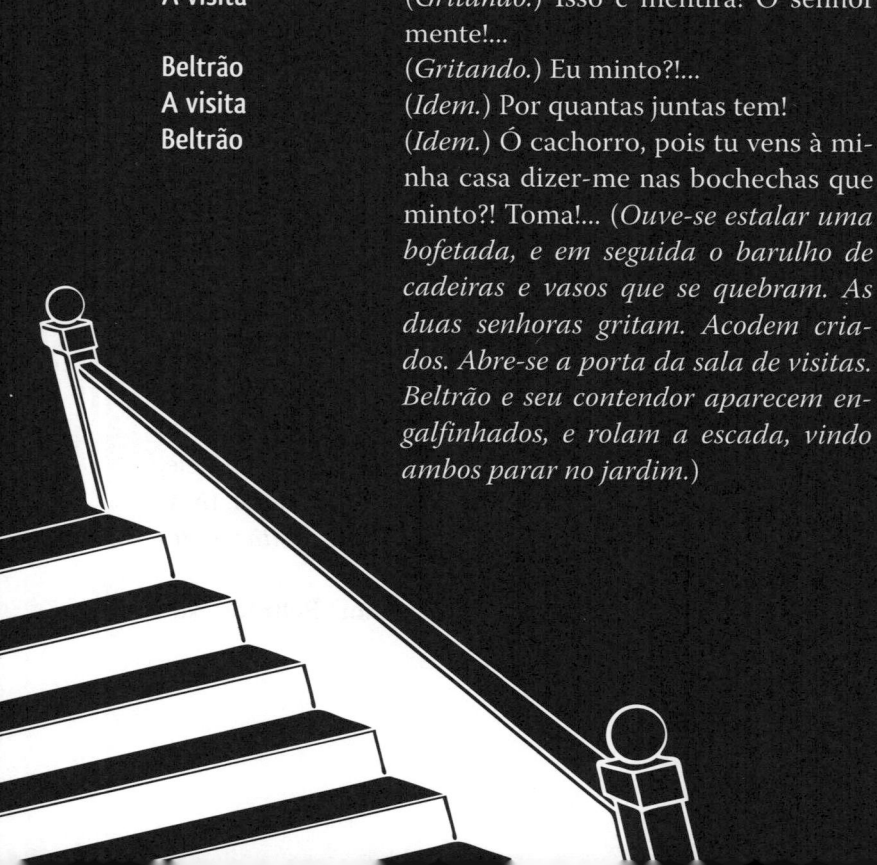

A visita	(*Levantando-se.*) Veremos quem vence! (*Sai para a rua e desaparece, mesmo sem chapéu e com o paletó rasgado.*)
Beltrão	(*Erguendo-se, ajudado pela esposa e pela filha.*) Ai! Ai! Ai!... (*Sentando-se em baixo da mangueira.*) Patife!... Desavergonhado!... Miserável!...
A senhora	Mas que foi isso?
Beltrão	Uma discussão...
A senhora	Sobre comércio?
A senhorita	Sobre política?
Beltrão	Que comércio! Que política! Sobre coisa mais séria!...
A senhora	Religião?
A senhorita	Família?
Beltrão	Que religião!... Que família!... Ai! Ai! Ai!...
As duas	Então?
Beltrão	Discutíamos sobre o carnaval.

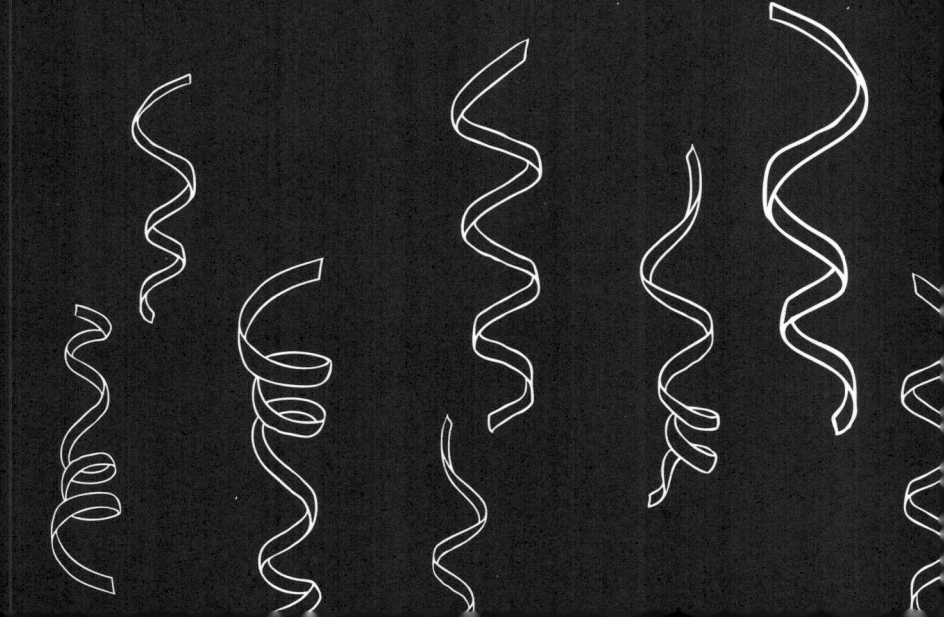

MÁSCARA DE ESPÍRITO

(Num bonde de São Luís Durão, terça-feira de Carnaval, ao meio-dia. Estou de pé, na plataforma, por não ter encontrado lugar nos bancos. Entra, e vem colocar-se ao pé de mim, um máscara muito sujo, chinelos, sobrecasaca, máscara de meia, cartola machucada e uma clarineta na mão.)

O máscara	*(Dirigindo-se a mim com voz de falsete.)* Cumprimento o Senhor A.A.!
Eu	*(Muito sério, porque não gosto de dar trela a mascarados, principalmente aos sujos.)* Obrigado, meu senhor.
O máscara	Admira-me vê-lo na rua: o senhor é um inimigo do Carnaval!
Eu	Engana-se... o que EU não gosto é de ver mascarados sujos e sem espírito.
O máscara	Como eu?
Eu	Uma vez que me obriga a ser franco, respondo pela afirmativa.
O máscara	O senhor sabe que sou um máscara sujo, porque a minha sujidade é uma coisa que está a entrar pelos olhos, mas não sabe ainda se tenho ou não tenho espírito.
Eu	O espírito e a sujidade não se compadecem.
O máscara	Não diga isso! Diógenes era tão espirituoso!
Eu	Não consta que Diógenes fosse sujo.

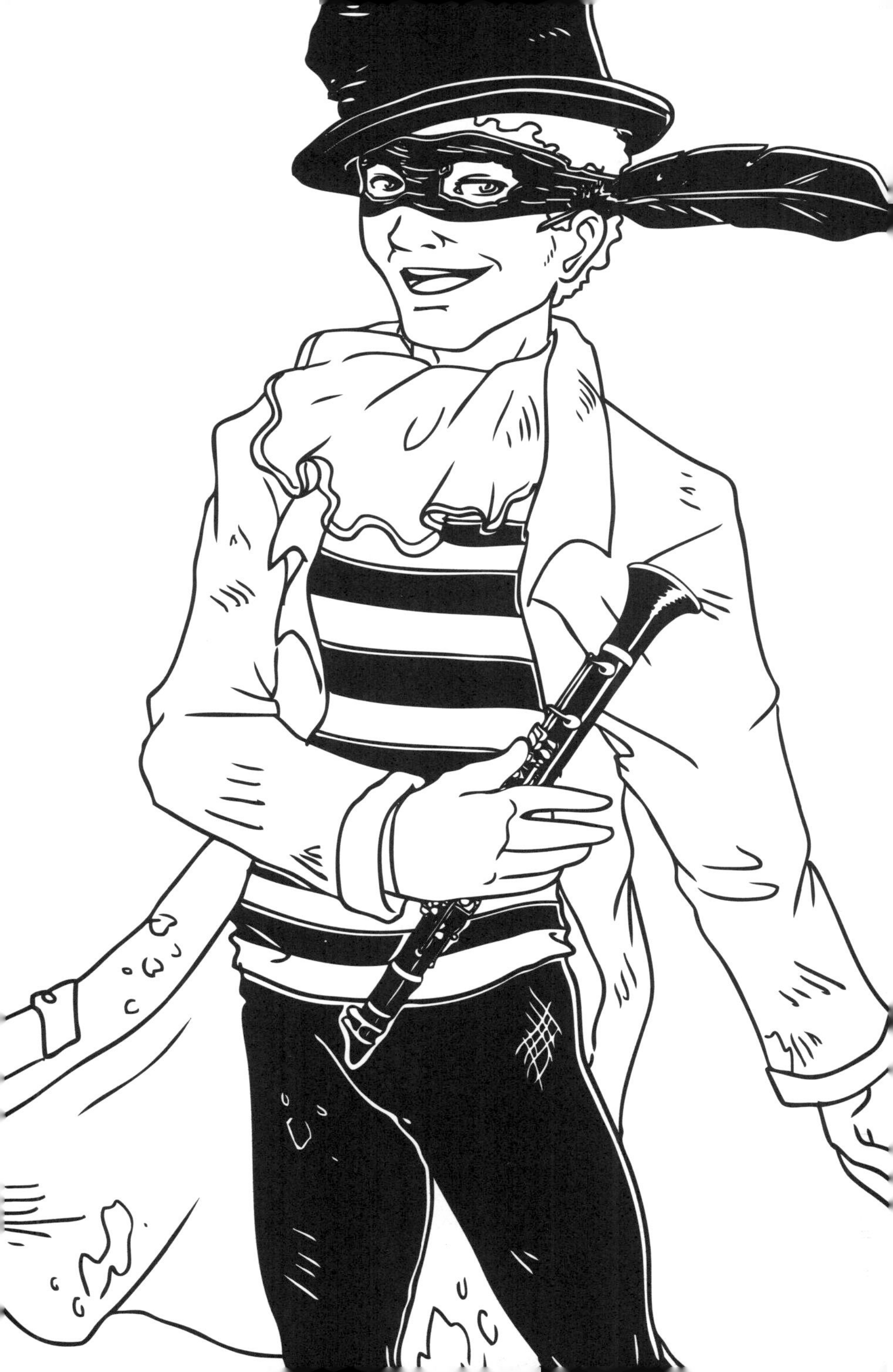

O máscara	Que diabo! Não se pode morar numa pipa sem ser sujo! Em todo caso, as aparências enganam... Não sei se sou espirituoso, mas sou um homem educado e tenho certa instrução.
Eu	Pelo menos conhece Diógenes.
O máscara	E demais sou muito limpo.
Eu	Então para que está tão sujo?
O máscara	Para fazer um reconhecimento. Eu abomino o carnaval!
Eu	Deveras?
O máscara	Abomino o carnaval, mas gosto muito das mulheres, e tenho sempre uma por minha conta e risco.
Eu	Parabéns.
O máscara	Atualmente o meu pecado mora na rua Francisco Eugênio, onde lhe pus uma casinha...
Eu	É bonita?
O máscara	É linda, mas é também uma desavergonhada! Eu, cá por coisas, desconfiei que ela me enganava... Disse-lhe que ia passar em Friburgo os três dias de carnaval... Ela acreditou, porque conhece a minha aversão por estes folguedos.
Eu	Adivinho o resto: o senhor disfarçou-se para...
O máscara	*Pour en avoir le coeur net.*[16]
Eu	E então?

---

16. Para ter o coração tranquilo.

O máscara	Pilhei-a com a boca na botija! Estava almoçando com o outro... à minha custa!...
Eu	Então o senhor deve estar desesperado?
O máscara	Pelo contrário! Estou contentíssimo! É uma economia de trezentos mil-réis mensais...
Eu	Não era cara, coitadinha! E essa clarineta?
O máscara	Foi do meu avô. Trouxe-a para trazer alguma coisa na mão. Trago uma clarineta como o senhor traz um guarda-chuva. Mas que lhe parece a minha história?
Eu	*Si non é vera, é bene trovata.*[17]
O máscara	É *vera*.
Eu	Nesse caso, o senhor é o máscara de mais espírito que tenho encontrado em toda a minha vida.

17. Se não é verdadeira, é bem inventada.

UM ENSEJO

(Dona Petronilha dos Santos e Mariquinhas, sua filha, sentadas ambas, cosem, silenciosamente.)

Mariquinhas	Por onde andará seu Eduardo?
Dona Petronilha	Já cá me tardava o seu Eduardo! Já te tenho dito um milhão de vezes que te esqueças desse moço!
Mariquinhas	Mas por quê, mamãe? A senhora nunca me apresentou uma razão séria contra ele!
Dona Petronilha	É muito boa pessoa, mas não ganha o suficiente para sustentar família, e eu não quero que minha família sofra privações!
Mariquinhas	Há outros que, ganhando menos, são excelentes maridos.
Dona Petronilha	Demais, confesso-te que estou com muita raiva do tal seu Eduardo! Se ele não tivesse aqui vindo sexta-feira (dia aziago!) não me lembraria eu de lhe pedir que me depositasse aqueles dois contos de réis no Banco União do Comércio... Meus pobres dois contos, que tanta falta me fazem!...
Mariquinhas	Coitado do moço! Que culpa tem ele disso? Foi mamãe que passou na rua Visconde de Itaúna e ficou influída quando viu a agência do Banco, toda niquelada...

Dona Petronilha	Com os meus níqueis!
Mariquinhas	Seu Eduardo até perguntou à senhora porque não punha o dinheiro antes na Caixa Econômica... Disse que não havia muito que fiar em bancos... Ele ficou tão contrariado e tão triste por ter levado os dois contos ao tal União do Comércio, que nunca mais nos apareceu! (*Batem à porta.*) Ah! (*Erguendo-se.*) Pelas palmas parece que é ele!...
Dona Petronilha	Já está toda assanhada!...
A voz de Eduardo	Dão licença?
Mariquinhas	Entre, seu Eduardo! Entre aqui mesmo para a sala de jantar!
Dona Petronilha	(*Arremedando-a.*) Entre aqui mesmo para a sala de jantar! (*Em voz natural.*) Ah! O meu tempo!... O meu tempo! Já não há mais respeito por pai nem mãe!...

Eduardo	(*Entrando.*) Como tem passado, senhora dona Petronilha? Como está, dona Mariquinhas? Peço-lhes desculpa por não lhes ter aparecido estes dias, mas quando fui daqui sexta-feira, estive muito doente, com muita febre...
Mariquinhas	(*Interessada.*) Sim!...
Eduardo	Só pude sair segunda-feira, e reservava-me para pôr neste dia os dois contos de réis no banco... Mas não pus...
Dona Petronilha	(*Com um salto.*) Não pôs?!...
Eduardo	Não pus, não, senhora, porque o Banco estava fechado: tinha falido. A senhora desculpe-me! (*Tira do bolso o dinheiro e dá-lho.*)
Dona Petronilha	Será possível?... Eu!... O senhor... (*Cai desmaiada na cadeira.*)
Eduardo	Desmaiou!...
Mariquinhas	De contentamento. Quando ela voltar a si, peça-lhe a minha mão, que o ensejo não pode ser mais favorável.

A MI-CARÊME

(No jardim do comendador Gomes, depois do jantar. O comendador e sua senhora, dona Eufrásia, saboreiam o café sentados sob um caramanchão. Nhazinha, filha do casal, examina as flores.)

Nhazinha — Ó papai!
Comendador — Vai dizendo!
Nhazinha — Que quer dizer *mi-carême*?
Comendador — *Mi* o quê?
Nhazinha — *Mi-carême*.
Comendador — Mica arame? Olha, pequena, que mica é uma coisa e arame é outra!... *(Com uma ideia.)* Ah! Já sei!... Mica arame deve ser uma chaminé de bico de gás feita de arame e de mica.
Nhazinha — Não, papai, não é mica arame, é *mi-carême*.
Dona Eufrásia — É francês.
Comendador — Francês? Não vá ser palavra feia!
Nhazinha — Não é, não, senhor, porque vem nos jornais.
Comendador — Vem nos jornais? Então é palavra feia!
Dona Eufrásia — Você é injusto para com a imprensa.
Comendador — Muitas vezes esses senhores jornalistas, quando a coisa cheira a patifaria, escrevem-na em francês!
Dona Eufrásia — Nunca vi.

Comendador	Outras vezes é o contrário... Olha o Medeiros, o outro dia com o pescoço da Mãe Joana!
Nhazinha	Nada disto me diz que coisa é *mi-carême*.
Dona Eufrásia	Pelo que li, é uma espécie de carnaval.
Nhazinha	Sim, um carnaval de quebra. Até aí sei eu... mas o que não sei é o que significa essa palavra *mi-carême*, ou antes, essas palavras porque o *mi* é separado do *carême* por um traço de união.
Comendador	(*Vendo entrar o doutor Nogueira.*) Ora aí está quem nos vem explicar o que é mica: é teu padrinho, que aí vem... Ele sabe tudo!...
O doutor Nogueira	(*Aproximando-se.*) Muito boa tarde. (*Aperta a mão de todos e senta-se.*) Que querem vocês que eu explique?
Nhazinha	Queremos que nos diga o que significa *mi-carême*.
O doutor	*Mi-carême?*
Nhazinha	Sim, senhor.
Comendador	(*Solenemente.*) Atenção!...
O doutor	*Mi-carême* chamam os franceses ao que os portugueses chamam *serração da velha*.
Comendador	Percebo. *Mi* quer dizer *serração* e *carême* quer dizer *da velha*. Como as duas línguas diferem!...

PADRE-MESTRE

(Em casa de dona Augusta, viúva ainda frescalhona. É quase noite. Ela está na sala de jantar, em companhia das filhas, duas raparigas casadeiras. Batem à porta do corredor.)

Dona Augusta Deve ser o padre-mestre.
A voz do padre Deus esteja nesta casa!
Dona Augusta Não disse? (*Gritando.*) Vá entrando, padre-mestre; a porta está aberta!... (*Entra o padre, homem de setenta anos, vigoroso e sadio. As raparigas levantam-se e vão beijar-lhe a mão. Dona Augusta fica sentada onde estava e estende a mão indolentemente.*) Como está, padre-mestre?
Padre Como Deus é servido.
Dona Augusta Sente-se.
Padre (*Sentando-se.*) Obrigado. (*Uma grande pausa.*) Então?... foram ontem à conferência?
Todas Fomos.
Padre Que tal?
Dona Augusta Esteve muito boa.
Padre Qual foi o assunto?
Dona Augusta Os literatos.
Padre (*Benzendo-se.*) Padre, Filho, Espírito Santo! Discorrer no púlpito sobre literatos é o mesmo que levar Satanás à casa de Deus!
Dona Augusta Pois sim, mas o padre Zé Maria só os tratou como a espíritos do mal.

Padre	Ah! Isso sim, que outra coisa não são eles.
Dona Augusta	Disse que isto de literatura não passa de uma grande bandalheira!
Padre	Oh! Ele empregou essas expressões?
Dona Augusta	Não; nem eu sei repetir o que ele disse. O que lhe afirmo, padre-mestre, é que os escritores deviam ter ficado com as orelhas quentes!
Padre	Não lhe doam as mãos ao meu confrade! A raça dos literatos deveria desaparecer da terra, porque aconselha o pecado e provoca a lascívia.
Dona Augusta	Foi justamente o que disse o padre Zé Maria! Ele não falou em lascívia, meninas?
As duas	Falou, sim, senhora.
Dona Augusta	Olhe! Aqui em casa não me entra um literato! Credo, cruz, ave Maria!...
Padre	Um literato aqui?... Não faltava mais nada!
Uma das duas filhas	Mamãe, são horas...
Dona Augusta	Ah! Sim... o ensaio do mês de Maria... Vão, vão se aprontar! *(As raparigas saem. Ficam sós a viúva e o padre. Este, depois de se certificar de que não há perigo, atira-se a ela e cobre-a de beijos.)* Ai! Que saudades, meu bem! Não deixes de vir esta noite, sim?... Eu deixo a porta só com o trinco...
Padre	*(Tornando a beijá-la.)* Sim, minha negra... sim, meu coração... sim, meu pecado gostoso!...

UM SUSTO

(É noite. O senhor Tomás tem mandado chamar ao seu quarto a senhorita Alice, sua filha, e passa-lhe uma sarabanda. Dona Josefina, mãe da senhorita, está de parte e assiste à cena.)

Tomás — Enfim, minha sirigaita, se me constar — presta bem atenção! – se me constar que aquele patife continua a te namorar, ou simplesmente a passar-nos pela porta, mando – ouve bem! – mando agarrá-lo por dois capangas e dar-lhe uma tunda de o pôr em lençóis de vinho! (*A senhorita soluça e não responde.*) Quanto a ti, que tão mal correspondes à fina educação que te deu teu pai, mandando-te ensinar até o bandolim, quanto a ti... nem sei o que faça! Deixo de ser teu pai, lanço-te a minha maldição!

Dona Josefina — Não digas isso, homem de Deus!

Tomás — Digo! Escusado é vir a senhora com a bandeira da Misericórdia, que não arranja nada! Ou a menina toma caminho, ou vai haver o diabo nesta casa!

Alice — Papai não se informou direito: seu Alfredo é um bom moço...

Tomás — Seu Alfredo é um vagabundo, um canalha, um beldroegas que não vale nada!

Alice — (*Com resolução.*) Pois eu gosto dele, quero casar com ele, e se não casar com ele, não caso com mais ninguém!

Tomás Oh! Desavergonhada, pois tu falas assim a teu pai?

Alice (*Com um arremesso.*) Ah! O melhor é acabar de uma vez por todas com o diabo desta vida! (*Sai arrebatadamente, batendo a porta.*)

Tomás Essa menina é um castigo que Deus me mandou!

Dona Josefina (*Choramingando.*) Tenho medo que ela faça alguma asneira!

Tomás Que asneira? Aí vem também a senhora!...

Dona Josefina Ultimamente tem havido tantos suicídios de mocinhas contrariadas nos seus amores...

Tomás Receia que ela se mate? Com quê? Nós não temos veneno em casa! Não gastamos querosene! As janelas são baixas! Não há poço no quintal!

Dona Josefina E aquela garrucha?

Tomás Está descarregada há mais de vinte anos!

Dona Josefina	Pois sim, mas dizem que o diabo carrega as armas de fogo! (*Nisto ouve-se um tiro muito próximo. O senhor Tomás e dona Josefina soltam um grito e caem sentados.*)
Ambos	Ah! Minha filha!...
Dona Josefina	Corre, Tomás!... Vai ver!
Tomás	(*Quase a desfalecer.*) Não posso...
Dona Josefina	(*Sem pinga de sangue.*) Nem eu!...
Alice	(*Aparecendo.*) Não se assuste, mamãe: foi o vizinho, que deu um tiro para espantar os gatunos.

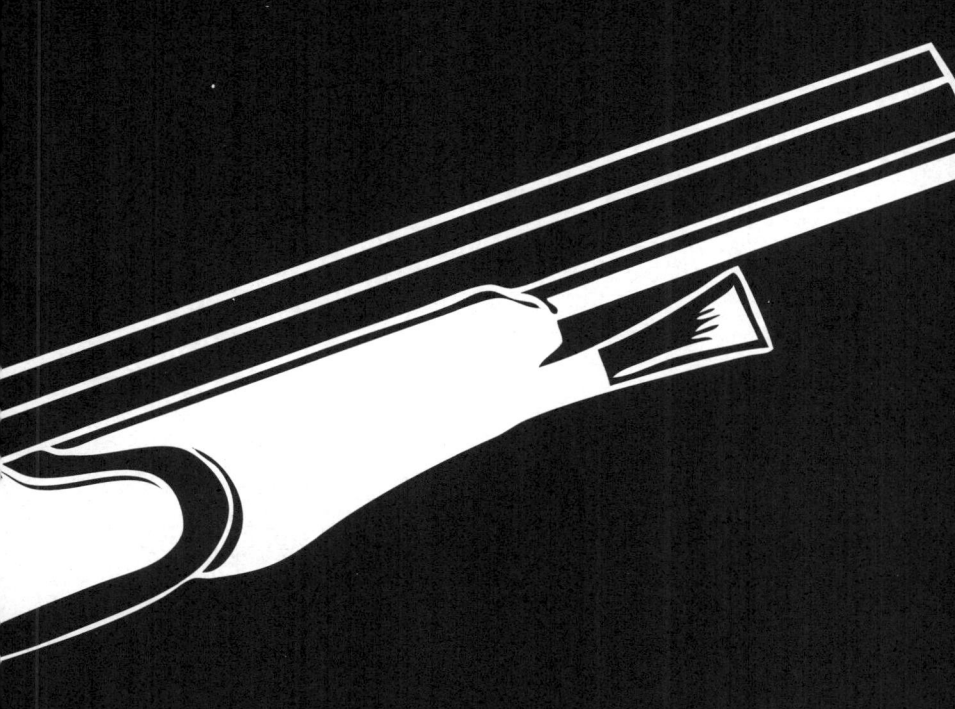

O POETA E A LUA

(A cena passa-se em casa do poeta X, na noite em que se declarou a greve dos operários do gás. Sala às escuras. O poeta entra da rua, e é recebido pela amante com duas pedras na mão.)

Ela — Com efeito!... Seja bem aparecido!... Por onde tem andado desde ontem?...
Poeta — Por onde tenho eu andado? Não me perguntes, mulher! Nem saberia eu dizer-to, nem tu poderias crer!...
Ela — Que esteve você fazendo?
Poeta — Fui para um lugar deserto de uma poesia extrema, escrever de uma assentada dois cantos do meu poema! (*Mostra um rolo de papel que traz na mão.*)
Ela — Mas sabe você que ainda não jantei?
Poeta — Por quê? Não tiveste fome?
Ela — Fome tive e tenho, o que me faltou foi dinheiro!

Poeta	Meu bem, fala-me de tudo, tudo suporto altaneiro, mas pelo bem que me queres, não me fales em dinheiro!
Ela	Então a quem hei de falar?
Poeta	Fala à brisa que sussurra, fala à fonte que murmura, fala às flores do jardim; fala aos serros, campos, frágoas, fala às nuvens, fala às águas, mas não me fales a mim!...
Ela	És um doido!
Poeta	Um doido? Sim! Acertaste! Um doido! Tens razão! Mas sou um doido sublime! Um poeta de inspiração!...
Ela	Fale sério, seu Cardoso: você quer que eu morra de fome?
Poeta	Uma mulher como tu, que és das mulheres a flor, não pode morrer de fome, só pode morrer de amor!
Ela	(*Vencida pela poesia.*) Que diabo de homem! Quando você terá juízo?
Poeta	(*Com veemência.*) Nunca!... O juízo, meu anjo, não no conhecem poetas: é triste coisa inventada apenas para os patetas.
Ela	Que vida a nossa!...
Poeta	Amanhã temos dinheiro, contanto que o prelo gema, imprimindo um belo canto do meu formoso poema. Mas nós estamos no escuro! Acende o gás, doce amante, para que possa os meus versos copiar no mesmo instante!...

Ela — Acender o gás!... Pois você não sabe que não há hoje gás?... Os operários fizeram greve!...
Poeta — Se não há gás, por motivos, meu amor, que não concebo, vai acender uma vela de carnaúba ou de sebo!
Ela — Não temos em casa nem um toco de vela!...
Poeta — Meu Deus, que miséria a nossa! Não ter nem luz nem dinheiro!... Mas então para que serve haver na esquina um vendeiro?
Ela — O vendeiro já não nos fia nem um fósforo!...
Poeta — (*Reparando no esplêndido luar.*) Se morro à falta de pão, à falta de luz não morro! A lua serena e casta vem trazer-me o seu socorro! (*Indo à janela.*) Ó deusa augusta da noite, que aclaras o mundo inteiro, sem temer que te suprimam o operário e o taverneiro – iluminando esta cópia, tu, compassiva, farás o que não faz uma vela ou um pífio bico de gás!... (*Vai buscar papel, tinteiro e pena, e põe-se a copiar o poema no peitoril da janela.*)
Ela — (*Sorrindo.*) E se não houvesse lua?
Poeta — Oh! Se não houvesse lua, não faltaria um farol... Os teus olhos brilham tanto!... É cada um deles um sol!... (*Ela e o poeta beijam-se.*)

ENTRE SOMBRAS

(Nos Campos Elísios. A sombra de Saldanha da Gama vai ter com a sombra de Barroso.)

Saldanha	Almirante?
Barroso	Que é lá, menino?
Saldanha	Os nossos restos mortais chegaram hoje ao Rio de Janeiro.
Barroso	E então?... Que tem isso?
Saldanha	Parece que houve quem protestasse...
Barroso	Contra o quê?
Saldanha	Contra o irmos juntos. Ainda não me perdoaram o pronunciamento da Ilha das Cobras!
Barroso	Também que diabo! Se tu servias à República, para que te declaraste monarquista?
Saldanha	Então é coisa que deslustre a memória de um marinheiro ter sido monarquista? Vossa Excelência não foi outra coisa.
Barroso	Pois sim, mas eu era monarquista na Monarquia; se viesse a República, eu fosse vivo e tivesse aderido, como tu aderiste, nunca mais teria veleidades monárquicas! Nunca mais!
Saldanha	Pois sim, mas todas essas considerações deveriam desaparecer diante da morte.

Barroso — Não há dúvida, mas não é de boa política fazermos companhia um ao outro depois de mortos. Os nossos patrícios são muito exaltados em matéria de política, e os que guardam algum ressentimento contra ti dirão, pelo menos, que o meu cadáver foi apadrinhando o teu...

Saldanha — Quem o ouvir falar há de supor que eu não vali nada!

Barroso — Não te zangues, menino! Valeste, valeste muito, foste um oficial notável; mas hás de convir que entre nós... sim... o combate da Armação não vale o do Riachuelo!...

Saldanha — Morri como um herói!

Barroso — Se eu morri na cama, a culpa não foi minha, expus a vida durante horas, no passadiço do Amazonas, e era o alvo mais saliente que havia a bordo. As balas não me quiseram. Estou na minha: os nossos féretros deveriam desembarcar separadamente, e olha, aqui que ninguém nos ouve...

Saldanha — Engana-se: está ali uma sombra escondida a ouvir a nossa conversa.

Barroso — (*Inspirado.*) Quem está aí?

A sombra de Custódio de Melo — (*Aparecendo.*) Não se incomodem: sou eu. Ouvi o que estavam a dizer, e lavo-me em água de rosas por ter morrido no Rio de Janeiro. Com o meu cadáver ninguém bole. E ainda bem, porque eu teria um grande desgosto se continuasse a fazer barulho mesmo depois de morto.

O conde

(Na sala de visitas. A condessa está ao piano. Entra um criado de casaca, inclina-se, e pergunta.)

Criado A senhora condessa quer que se ponha o jantar?
A condessa Quero esperar mais meia hora pelo conde. (*O criado inclina-se e sai. A condessa fecha o piano e ergue-se.*) Por que será tanta demora? (*Vendo abrir-se a porta de entrada.*) Ah! (*A porta abre-se lentamente, e aparece o conde triste, desalentado, os braços caídos.*) Que é isso?... Que tens?... (*O conde, sem responder, deixa-se cair numa cadeira.*) Que é isso?... Estás doente?...
O conde Não.
A condessa Perdeste dinheiro?
O conde Não.

A condessa	Sofreste alguma contrariedade?
O conde	Não, não foi uma contrariedade, mas um desgosto, um desgosto profundo e pungente!...
A condessa	Meu Deus! Estou assustada!... Que foi?...
O conde	(*Gritando.*) José!
A condessa	Para que chamas o criado?
O conde	Vais ver. José! (*O criado entra. O conde aponta para um retrato do papa, que está pendurado na parede.*) Tire-me dali para fora aquele retrato!
O criado	(*Obedecendo.*) Sim, senhor conde.
O conde	(*Erguendo-se de um salto irritadíssimo.*) Não me chame senhor conde!... Chame-me senhor Oliveira, chame-me senhor qualquer coisa, mas não me chame senhor conde!...
A condessa	(*Consigo.*) Teria ele enlouquecido, meu Deus?
O conde	(*Apontando para o retrato que o criado tem na mão.*) Dê o destino que quiser a esse quadro: meta-o no fogo, ou venda-o para aproveitar o vidro e a moldura!
A condessa	Que dizes?... O retrato de Sua Santidade!...
O conde	Sua Santidade que vá para o diabo que o carregue!...
A condessa	Credo! Que heresia!... Perdeste o juízo?...

O conde	Perdi-o no dia em que solicitei... (*notando que o criado está presente*) ... isto é... no dia em que me fizeram conde... E que asneira! Foi preciso que o Brasil virasse república para ter tantos condes! (*Ao criado.*) Retire-se e cumpra as minhas ordens! (*O criado inclina-se e sai.*) Chiquinha, estamos bem castigados... Bem caro pagamos a nossa vaidade! Queres saber quem foi que Sua Santidade fez agora conde como me fez a mim? Queres saber? (*A condessa tem um olhar ansioso.*) O Saturnino!...
A condessa	Que Saturnino?
O conde	(*Lúgubre.*) O do caixote...
A condessa	(*Caindo numa cadeira.*) Oh!...
O conde	Vou declarar publicamente que renuncio ao meu condado e se, depois dessa declaração, se atrever alguém chamar-me conde, quebro-lhe a cara.

POBRES ARTISTAS

(Num quarto de hotel. O senhor Santos, que aí está hospedado, vê entrar o gerente.)

Santos	Venha cá, senhor gerente. Mandei-o chamar para que o senhor tivesse a bondade de me indicar o espetáculo a que devo assistir esta noite.
Gerente	Há muito onde escolher. Temos, em primeiro lugar, a Companhia Lírica Italiana no São Pedro.
Santos	Nada! Deixemo-nos de líricos! Prefiro coisa que me faça rir!
Gerente	Nesse caso, vá ao Moulin Rouge.
Santos	No Moulin Rouge? São artistas franceses?
Gerente	São artistas de todas as nacionalidades, menos a brasileira.
Santos	Uma mistura de grelos; não quero. Que temos no Apolo?
Gerente	A companhia José Ricardo.
Santos	E no Recreio? Que peça representa hoje a companhia Dias Braga?
Gerente	A companhia Dias Braga já saiu do Recreio.
Santos	Para onde foi?
Gerente	Não sei.
Santos	E no Recreio quem está?
Gerente	A companhia Taveira.

Santos	Bom. E naquele teatro da rua do Passeio, que há?
Gerente	No Palace Théâtre? Uma companhia dramática italiana.
Santos	Que diabo! Mas o que eu quero é um espetáculo em que veja os nossos artistas!
Gerente	Ah! Isso não há!
Santos	Não há mais artistas brasileiros?
Gerente	Artistas brasileiros não faltam; o que eles não têm, coitados, é teatro onde representem!
Santos	E o Santana?
Gerente	Vai para lá a companhia Ângela Pinto.
Santos	Estou então na capital do Brasil, e não me é dado apreciar um único artista brasileiro?
Gerente	Isso não: o senhor tem no São Pedro o tenor Vasques, que nasceu em São Paulo, e no Recreio o ator Fróis e o ator Olímpio Nogueira. Aquele veio ao mundo na Praia Grande e este é carioca da gema. São todos três brasileiros. A arte nacional não tem de que se queixar.
Santos	Mas os outros?... Que fazem eles?...
Gerente	Não sei. Ouvi dizer que o governo vai mandar construir para eles um galpão anexo ao Asilo de Mendigos, enquanto não fica pronto o palácio Águia de Ouro, vulgo, Teatro Municipal.

CENA ÍNTIMA

(Numa casa elegante. Torres e madame Torres entram disputando.)

Madame Torres — Não! Você há de ter a santa paciência! Com este vestido não vou mais ao corso!...
Torres — Por quê, meu amor?
Madame Torres — É a terceira vez que vou com ele!... Três vezes vá, mas quatro! Antes a morte!...
Torres — Mas tu te tens na conta de tão notável, que se tome nota das vezes que sais à rua com o mesmo vestido?
Madame Torres — Oh, para isso não é preciso ser notável: basta ser mulher e ir ao corso!
Torres — Mas vem cá... Dize-me... Que deve fazer uma senhora, do vestido com que saiu três vezes?

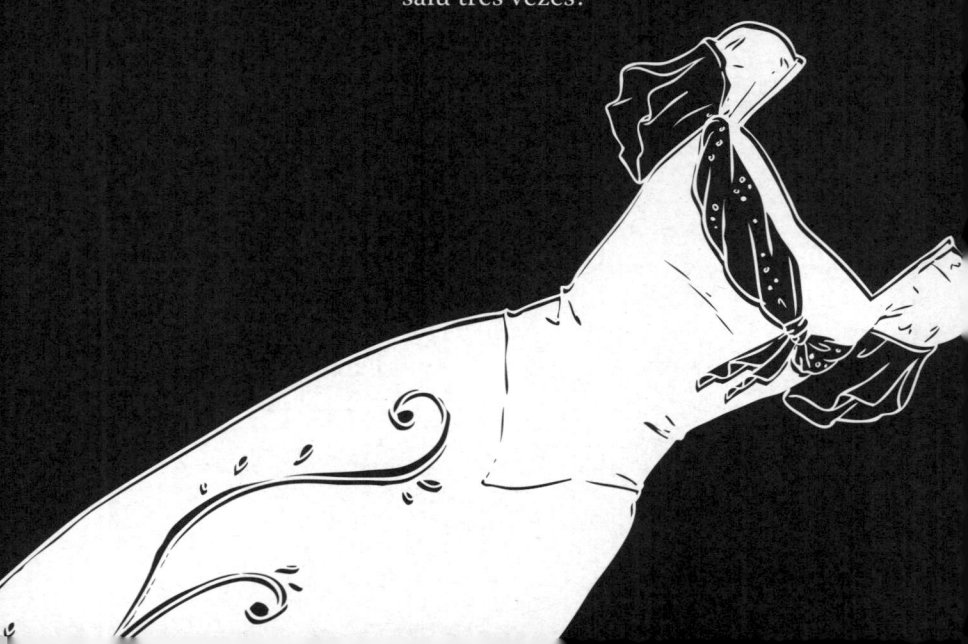

Madame Torres	Pode guardá-lo para alguma visita à noite, ou um espetáculo comum; entretanto, o melhor é desfazer-se dele.
Torres	De que modo?
Madame Torres	Deitando fora... Desmanchando-o para fazer outra coisa... Ou dando-o de presente à criada.
Torres	Não me posso conformar com isso!
Madame Torres	Por quê?
Torres	Porque não se deita fora, nem se dá aos criados o que custou um sacrifício!
Madame Torres	Um sacrifício? Tem graça!
Torres	Tem muita graça!
Madame Torres	Quanto deste por este vestido?
Torres	Nada!
Madame Torres	Nada? Não deste nada? Explica-te!
Torres	Não dei nada porque ainda o não paguei!
Madame Torres	A culpa não é minha!
Torres	É minha, só minha, porque como cabeça do casal tenho obrigação de ter juízo por ti e por mim.
Madame Torres	Queres dizer que eu não tenho cabeça?
Torres	Pelo contrário: és muito cabeçuda... Enquanto não for pago esse vestido, não te posso dar outro!
Madame Torres	Nesse caso, não vou ao corso!
Torres	Pois não vás! Ora, que grande desgraça!
Madame Torres	Todos reparam a minha ausência e dizem logo...

Torres	Não dizem nada! Pensam que estás doente! Olha! Ontem recebi esta carta (*tira uma carta do bolso*), em que me pedem, em termos um tanto ásperos, o pagamento do teu vestido!
Madame Torres	Que tenho eu com isso? O que te afianço é que hoje, no corso, eu estava envergonhada.
Torres	Também eu.
Madame Torres	Ah! Confessas?
Torres	Mas eu não me envergonhei porque estivesses com uma toalete já vista.
Madame Torres	Então por que foi?
Torres	Envergonhei-me porque a modista que te fez o vestido, e que ainda não foi paga, lá estava na avenida Beira-Mar de pé, ao lado do marido, e, quando passamos no nosso carro, nos lançou um olhar significativo e teve um sorriso irônico.
Madame Torres	Acredito, mas o sorriso irônico não foi porque o vestido não estivesse pago... Se assim fosse, haveria muitos sorrisos irônicos às quartas-feiras, durante o corso... O sorriso era irônico porque o vestido figurava pela terceira vez... – Não! Não! Tem paciência, Torres, faze das tripas coração, mas eu quero, seja como for, um vestido novo para quarta-feira que vem!

SUGESTÃO

(Casa pobre. Dona Joaquina está ponteando meias; abre-se a porta e entra dona Maria.)

Dona Maria — Dá licença, vizinha?
Dona Joaquina — Vá entrando, dona Maria. A senhora vem hoje um pouco cedo para o cavaco. Houve alguma novidade?
Dona Maria — Estou assombrada, vizinha!...
Dona Joaquina — Valha-me Nossa Senhora! Por quê?
Dona Maria — Por *móde* o menino do Asilo e o oficial sem olhos!
Dona Joaquina — Que história é essa?
Dona Maria — Pois não sabes? Está nas folhas!... Alma do Floriano Peixoto... ou a do Juventino, aquele pobre moço do balão (não se sabe ainda ao certo qual das duas almas foi) apareceu a um menino do Asilo do Pedregulho!...
Dona Joaquina — Credo! Desconjuro!... Mas por que não se sabe qual das duas era?
Dona Maria — Supõe-se que é a do Floriano Peixoto, porque este morreu na casa onde hoje é o asilo... E também se supõe que é a do Juventino, porque apareceu justamente no dia e na hora do desastre do balão!
Dona Joaquina — E a alma não tinha olhos?
Dona Maria — Não, senhora: tinha apenas dois buracos!

Dona Joaquina	(*Benzendo-se.*) Credo! Cruz! Ave Maria!...
Dona Maria	Na minha *omilde* opinião, era a do Floriano Peixoto.
Dona Joaquina	Por quê?
Dona Maria	Por ter os olhos furados! Quando o embalsamaram, naturalmente lhe furaram os olhos!
Dona Joaquina	Tem razão.
Dona Maria	E a outra alma era muito cedo para aparecer! As almas não aparecem logo depois que morrem às pessoas. A do meu marido levou três anos!

Dona Joaquina	E a do meu até hoje não deu sinal de si. Havia seis meses ele tinha morrido, quando uma noite vi um vulto no fundo do quintal. Saí de casa [para] pedir ao padre vigário que me benzesse... mas o padre vigário veio ao meu encontro, na rua, e me tranquilizou, dizendo que o vulto era ele.
Dona Maria	(*Sorrindo.*) E essa alminha nunca mais deixou de lhe aparecer... pelos fundos, e sem olhos furados...
Dona Joaquina	Que quer, vizinha? Se há pecado, o pecador é ele mais do que eu... que estava sossegada na minha casa. Não me chame eu Joaquina Rodovalho Camarão se algum dia tinha pensado em semelhante homem! Mas credo! Ainda estou arrepiada com a história do Asilo... Ó vizinha, vamos ao oratório rezar um padre-nosso e uma ave-maria por alma do Floriano Peixoto e do Juventino... Sim, pelo sim pelo não, rezemos por ambos...
Dona Maria	Vamos! (*Dona Joaquina levanta-se.*)
Uma voz no corredor	Dona Joaquina Rodovalho Camarão! (*Estremecem ambas. Entreabre-se a porta e aparece um carteiro do correio, de óculos azuis.*)
Dona Joaquina	Um soldado! (*Desmaia.*)
Dona Maria	E de olhos furados! (*Desmaia.*)
O carteiro	(*Repetindo.*) Dona Joaquina Rodovalho Camarão!

POR CAUSA DA TINA

(Na sala de jantar do Clarimundo, que voltou do teatro com dona Tudica, sua esposa, e está saboreando seu chazinho com torradas em companhia dela.)

Clarimundo	Mas ainda não me disseste que tal achaste a Tina di Lorenzo...
Dona Tudica	Não achei lá essas coisas!
Clarimundo	Ora essa! Pois a mim me pareceu que ela representou muito bem seu papel.
Dona Tudica	Não falo dela como cômica; falo como beleza. Beleza aquilo? Com efeito, seu Clarimundo! Você parece que nunca viu mulheres bonitas!
Clarimundo	Sim, eu já sabia de antemão que havias de achá-la feia, pois ainda não houve mulher bonita a quem dissesses: "Benza-te Deus!" Mas a beleza no teatro é coisa secundária: o que me interessa é a arte, e o que te perguntei foram as tuas impressões sobre a artista.
Dona Tudica	Que me importa a artista? O que me levou ao teatro foi a fama de sua beleza! Você me encheu os ouvidos de tanta caraminhola a respeito dela, que eu quis ver pelos meus próprios olhos!... Pois bem... repito... não se pode dizer que seja uma mulher feia... há outras muito mais feias... mas não é lá essas coisas... Nesses teatros há atrizes mais bonitas que ela. A Maria Pinto, da companhia Zé Ricardo, é mais bonita!...

Clarimundo	Ó mulher! Não digas disparates!...
Dona Tudica	A mim não me fica bem fazer isto, mas digo: eu não me troco por ela!
Clarimundo	Pela Maria Pinto?
Dona Tudica	Não; pela tal Tina di Lorenzo!...
Clarimundo	(*Deixando cair a xícara.*) Tu?! Lá entornei o chá na toalha!...
Dona Tudica	Eu, sim! Dê-me aquelas toaletes... e eu lhe mostro se não valho mais do que ela!...
Clarimundo	Não bastavam pinturas e toaletes; seria preciso arranjares uma dentadura e uma cabeleira postiça!
Dona Tudica	E quem me diz a mim que aqueles dentes e aqueles cabelos sejam dela?
Clarimundo	E o teu estrabismo? Não me venhas dizer que a Tina é vesga!...
Dona Tudica	O meu estrabismo dá-me muita graça!
Clarimundo	São opiniões...
Dona Tudica	O senhor é meu marido: tem obrigação de me achar a mais bela das mulheres!...
Clarimundo	Enganas-te, porque, nesse caso, eu tinha o direito de exigir de ti que me achasses o mais belo dos homens, e jamais o faria porque reconheço que sou feio como a necessidade.
Dona Tudica	Seja eu o que for, não admito que o senhor me afronte com a beleza daquela cômica!...

	que pesa cem quilos... e e esses farripas... e ess que não te dão nenhuma gues mais bonita que um formosura é célebre!...
Dona Tudica	Senhor Clarimundo, o sulta-me!
Clarimundo	Qual te insulto, qual na tola!...
Dona Tudica	Tolo será ele!... Insolente! (*Atira ao chão uma xíca furiosa.*) Não quero mai nhor!... Deixe-me! Separ Vá lá para sua Tina di Lo
Clarimundo	Quem me dera!...
Dona Tudica	Uma mulher que se char
Clarimundo	A Tina é ela, mas a barre
Dona Tudica	Insultar-me! Insultar-m na terra uma mulher bor
Clarimundo	Ora, até que afinal reconl uma mulher bonita! Bom dizer o que te vier à boc *quilamente no seu quar perneia, bate pé, e atira o*

CONFUSÃO

(No corredor dos camarotes do Apolo, depois do primeiro ato do Menino Ambrósio. *O Teles encontra-se com o Gama.)*

Teles — Olá!... Estou admiradíssimo!... Você é fruta rara em teatro!...
Gama — Muito rara.
Teles — Foi a peça que o atraiu?
Gama — Não, meu caro, confesso-lhe que não foi a peça que me atraiu: *O menino Ambrósio* era um título que me não dizia nada, e eu não gosto de crianças.
Teles — Então que foi?
Gama — Fui atraído por essa Mercedes Blanco, de quem tanto se fala, por ter escrito uma obra escandalosa, o relatório documentado dos seus amores! Li o livro e fiquei com uma vontade doida de conhecer a autora. Ora, aí tens porque vim ver *O menino Ambrósio*.
Teles — E que impressão te fez ela?
Gama — Magnífica! Tinham-me dito que era uma mulher insípida, sem graça... Calúnia! É a mais bonita e a mais simpática das intérpretes do *Menino Ambrósio!*... Que linda boca!... Que olhos matadores!... Compreendo, meu amigo, compreendo que essa mulher tenha sido tão amada!...

Teles   Cáspite! Que entusiasmo! Pois, francamente, não achei lá essas coisas, e como atriz...

Gama   Como atriz nada tem de notável, mas eu não vim ver a atriz: vim ver a mulher que inspirou tantas paixões e fez escrever tantas cartas; entretanto, não é desajeitada... tem certa habilidade... e representou muito bem aquela cena com o visconde.

Teles   Que cena?

Gama   Aquela em que o visconde quer seduzi-la, e é troçado por ela...

Teles   Homem, tem graça!

Gama   Tem graça o quê?

Teles   Confundiste a Mercedes Blanco com a Acácia Reis!

Gama   Que me dizes?...

Teles   A Mercedes é a que faz o papel de Pimpinela!

Gama   Deveras? Então aqueles olhos... aquela boca... aquele sorriso... não são dela? Que diabo! Vou pedir a Acácia Reis que escreva as suas memórias. A julgar por aqueles olhos, devem ser ainda mais interessantes que as de Mercedes Blanco!...

A LADROEIRA

(A., sentado num banco da avenida, lê um jornal; B. aproxima-se e senta-se no mesmo banco.)

B.   Dá licença? O banco chega para dois?
A.   Pois não! *(Dá-lhe lugar. B. senta-se. Longa cena muda, em que A. parece absorvido pela leitura de uma folha, e B. o examina disfarçando. De repente, A. deixa de ler, amarrota o jornal, soltando um grito.)* Oh!...
B.   Que foi, cavalheiro?
A.   Outra ladroeira!
B.   Não tem do que se admirar! Isto agora é todos os dias!...
A.   Roubaram um morto!...
B.   Não admira! Pois se a toda a hora estão a roubar os vivos!
A.   Vou fazer meio século e nunca vi a ladroeira tão apurada no Rio de Janeiro!
B.   Naturalmente! O Rio de Janeiro nunca foi tão civilizado como agora, e a ladroeira cresce na razão direta da civilização. Para esse mal a ciência não descobriu ainda uma vacina!
A.   Como não descobriu? A vacina é o á-bê-cê! Num país em que a instrução está tão atrasada, por força que a ladroeira há de florescer!

B. Mas eu peço licença para observar que muitas vezes os ladrões são os mais instruídos... Não quero citar nomes, meu caro senhor, mas nós temos tido ladrões ilustres, ladrões com muito fósforo no cérebro!

A. Não digo que a instrução evite que haja ladrões; mas pode evitar que haja pessoas que se deixem roubar.

B. Estou na minha; não me parece que a instrução tenha alguma coisa a ver com o caso, pois nos países em que ela está mais adiantada, nem por isso deixa de haver ladrões de toda a espécie.

A. Sem instrução não pode haver juízes de primeira ordem, que sejam rigorosos no cumprimento da lei, e não tenham duas medidas, uma para Fulano e outra para Beltrano.

B. A coisa é difícil, porque os ladrões não trazem letreiro: é preciso adivinhá-los. Aqui estou eu... Nós não nos conhecemos um ao outro... somos dois homens de certa educação... mas nem eu sei nem o senhor sabe se somos capazes de roubar o sino de São Francisco de Paula. A preocupação da nossa autoridade deveria ser evitar, fosse como fosse, que o indivíduo, instruído ou ignorante, pudesse roubar, e, quando alguém roubasse, castigá-lo severamente, expô-lo amarrado a um poste na praça pública!...

A. Apoiado! É o que digo! Para o ladrão não devia haver a tal condição do flagrante nem o tal *habeas corpus*, e qualquer que fosse apanhado a roubar deveria ser morto como um cão danado!

B. (*Levantando-se.*) Não me atrevia a dizer tanto! Essa é a verdade! O senhor é um homem que vê as coisas! Quero dar-lhe um abraço, porque é sempre grato abraçar alguém que pensa como nós. (*A. levanta-se sorrindo e deixa-se abraçar.*) Tem em mim um amigo... Aqui tem o meu cartão. (*Dá-lho.*)

A. Muito obrigado. Aqui tem o meu.

B. E até mais ver.

A. Até mais ver. (*B. retira-se. A. senta-se e continua a ler. Passado algum tempo, quer ver que horas são e dá por falta do relógio e da corrente de ouro.*)

VIVA SÃO JOÃO

(No quintal da casa do João Ferreira, onde arde uma grande fogueira. Diversos grupos de senhoritas, rapazes e crianças soltam balões e foguetes, queimam pistolas, bombas, bichinhas etc. Barulho e alegria. Todos se divertem, à exceção de dona Júlia, cunhada do dono da casa, solteirona dos seus quarenta e cinco anos de idade, que, sentada a um canto, vê e ouve tudo aquilo de mau humor. O Cipriano, um pândego, aproxima-se de dona Júlia.)

Cipriano	A senhora está triste, dona Júlia?
Dona Júlia	Que tem o senhor com isso?
Cipriano	*(Sem se ofender, porque já a conhece.)* Não tenho nada... Pergunto porque me interesso pela senhora... Ainda hoje não a vi rir!
Dona Júlia	De que quer o senhor que eu ria?
Cipriano	Quero que se divirta, como os outros...
Dona Júlia	Agradeço-lhe a atenção, mas não se incomode comigo. *(Levanta-se com grosseria e afasta-se.)*
O João Ferreira	*(Aproximando-se de Cipriano.)* Que foi isso?... Que disseste à Júlia, que ela ficou tão zangada?
Cipriano	Apenas lhe perguntei por que estava triste! Esta tua cunhada é muito esquisita!
João Ferreira	Em dias de festa é o que se vê; como ficou para tia, não pode estar satisfeita onde quer que estejam moças e rapazes. É insuportável! Já lhe tenho dito que melhor seria trancar-se no seu quarto!...

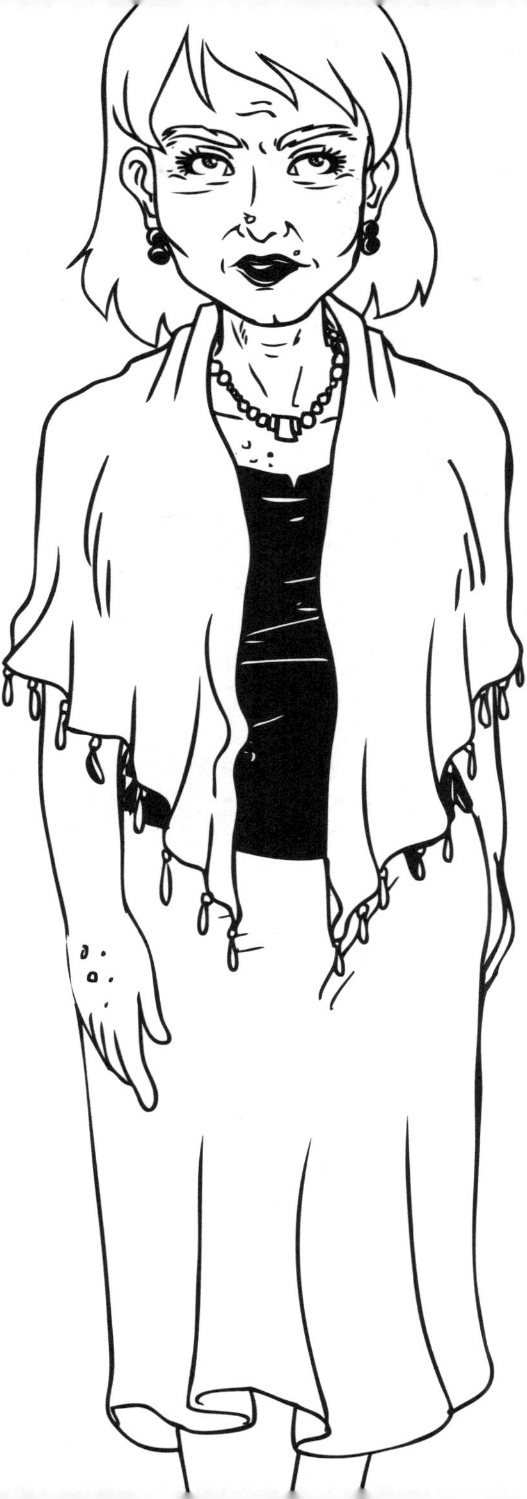

Cipriano	Coitada! Deixa-a lá!...
João Ferreira	Além de ser feia e velha, é malcriada! Desde que perdeu, há dez anos, um casamento, que aliás seria a sua desgraça, porque o noivo era um valdevinos, está sempre de mau humor, e não pode ver sem inveja os outros se divertirem. Com franqueza te digo que preferia uma sogra a esta cunhada! (*Vendo subir um balão.*) Viva São João!...
A Criançada	Vivou!...
João Ferreira	(*Continuando.*) Entretanto, ali onde a vês, não perde as esperanças, coitada! Queres fazer uma experiência?... Por pândega?... Dize-lhe uma frase amável, namora-a e verás como fica outra!
Cipriano	Nada! Nessa não caio eu!...
João Ferreira	Por quê?
Cipriano	Depois é que são elas!
João Ferreira	Ora! Depois manda-a passear! Ela aí vem. (*Dirigindo-se a dona Júlia, que passa.*) Ó maninha?
Dona Júlia	(*Aproximando-se, de cara franzida.*) Que é?
João Ferreira	Aqui o nosso amigo Cipriano está molestado com você... Você tratou-o mal... e, no entanto, ele simpatiza tanto com você... diz que você tem um olhar tão compassivo... (*Dona Júlia sorri.*)
Cipriano	E um sorriso, ai, que sorriso!...
João Ferreira	(*Baixo a dona Júlia.*) Está caidinho... (*Afasta-se.*)

Dona Júlia	(*Amável, a Cipriano.*) Não quis magoá-lo... perdoe... é que estou habituada ao escárnio...
Cipriano	Não diga isso! Quem pode escarnecer de um anjo?...
Dona Júlia	(*Faceirando-se.*) Um anjo! Meu Deus! Quem me dera ser um anjo!
Cipriano	Os anjos não se conhecem!
Dona Júlia	Oh! Eu conheço-me... não tenho beleza, nem mocidade...
Cipriano	Pode ser que para os outros; mas para mim...
Dona Júlia	Cipriano!
Cipriano	Que música têm as sílabas do meu nome proferidas por esses lábios!
Dona Júlia	(*Radiante de alegria, vendo subir um balão.*) Viva São João!...
Cipriano	Venha, Júlia, venha soltar umas bichinhas...
Dona Júlia	Prefiro uma pistola... uma pistola com muitos tiros, sim?...
Cipriano	Viva São João!...
João Ferreira	(*Aproximando-se, baixo.*) Eu não te dizia?...

UMA EXPLICAÇÃO

(Na noite de São Pedro. O Saraiva está em casa, na sala de jantar, rodeado por toda a família.)

A senhora	Ó Saraiva?
O Saraiva	Vá dizendo!
A senhora	Você que tem explicação para tudo, não me dirá por que há hoje tantos balões no ar?
O Saraiva	Há muitos balões no ar, porque está publicado um edital da prefeitura proibindo-os e multando em cinquenta mil--réis quem os soltar. Ora, aí tem porque há tantos balões no ar!
A senhora	Não; você não me entendeu...
O Saraiva	Nesse caso foi você que não se explicou.
A senhora	Dantes a noite de São Pedro era menos influída que a de Santo Antônio, e muito menos que a de São João.
O Saraiva	Quer saber por quê? Eu lhe explico. Como São Pedro vinha em último lugar, encontrava as algibeiras vazias.
A senhora	Pois bem; por que é que a noite de São Pedro se tornou agora mais influída do que a de Santo Antônio, e quase tanto como a de São João?
O Saraiva	Por quê? Eu lhe explico... É porque... É porque...
A senhora	Duvido que você encontre explicação para isso!

O Saraiva	Duvida por quê? Neste mundo tudo se explica, tudo – até mesmo o inexplicável!
A senhora	Então explique!
O Saraiva	Espere! Deixe-me pensar!... (*Apoia a cabeça na mão, fecha os olhos, e passado algum tempo solta um grito.*) Ah!...
A senhora	(*Assustando-se.*) Oh!
O Saraiva	Achei!...
A senhora	Diga!
O Saraiva	Antes de ser república, o Brasil era o quê?
A senhora	Monarquia.
O Saraiva	Monarquia, muito bem. Logo, havia monarca. Como se chamava esse monarca?
A senhora	O imperador.

O Saraiva	Mas o nome, o nome de batismo?
A senhora	Pedro.
O Saraiva	Pois a explicação aí está: chamava-se Pedro o imperador.
A senhora	Mas no tempo dele São Pedro não era festejado!
O Saraiva	Raciocina, Mariquinhas, raciocina. O imperador foi deposto em 1889, há dezenove anos. A sua deposição foi um ato com que muita gente não concordou, embora ninguém se atrevesse a abrir o bico. Toda gente começou a ter muita pena do pobre velho, e muitíssimas crianças que então vieram ao mundo receberam na pia batismal o nome de Pedro. Foi esse o meio que o sentimentalismo encontrou de se manifestar sem perigo...
A senhora	Mas essa explicação...
O Saraiva	Esta explicação é lógica e dedutiva. Os Pedros cresceram e estão hoje na idade das festas. Como são muitos, a noite de São Pedro é agora festejada como nunca foi. Portanto, se você está vendo tantos balões no ar, é isso devido a uma espécie de reação política e ao sentimentalismo monárquico. Vá com o que lhe digo!
A senhora	Você tem cabeça!
O Saraiva	Não é a primeira vez que mo dizem.

FOI POR ENGANO

(No quarto de dormir do Silveira. A um canto uma espingarda, velha precaução que o dono da casa sempre usou contra os gatunos. São seis horas da manhã. O Silveira dorme. Dona Angélica entra furiosa, com uma carta na mão.)

Dona Angélica — Senhor Silveira! Senhor Silveira!...
Silveira — *(Despertando sobressaltado.)* Que é?... Que é?...
Dona Angélica — Que quer dizer esta carta?
Silveira — *(Estremunhado.)* Que carta?
Dona Angélica — Esta, que encontrei no seu bolso!
Silveira — *(À parte.)* Oh, diabo!...
Dona Angélica — Uma carta de amor!... Pois o senhor tem uma amante?...
Silveira — Eu? Que ideia!...
Dona Angélica — Cá está o corpo de delito! Nunca pensei! Nunca pensei!...
Silveira — *(Aproximando-se.)* Ouve, benzinho...
Dona Angélica — Não se aproxime! Não me toque!... Deste momento em diante nada mais de comum pode haver entre nós!
Silveira — Não te exasperes: eu me justifico...

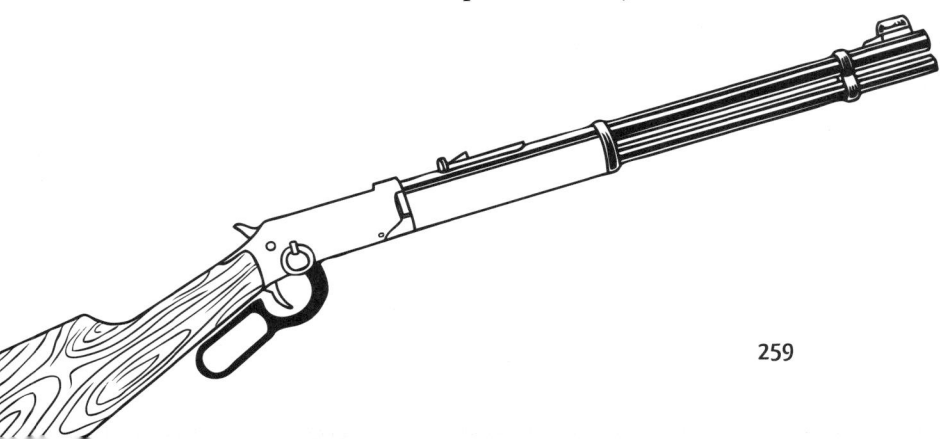

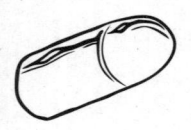

Dona Angélica	(*Gritando.*) Não há justificação possível! A carta foi dirigida ao senhor... cá está o seu nome... e os termos em que está escrita provam claramente que sou uma esposa iludida!...
Silveira	Calma! Calma!...
Dona Angélica	Oh! Mas eu não sou uma tola! Vai ver, senhor Silveira, vai ver!
Uma voz	Que é isso, vizinho? Há alguma novidade?
Silveira	Calma! O vizinho Seabra interveio... (*Indo à janela.*) Não é nada, vizinho... São os nervos de minha mulher. Isto passa. (*Voltando ao quarto, à mulher, que continua a fazer berreiro.*) Cala-te! Não faças escândalo!...
Dona Angélica	Oh! O escândalo será completo. Que me importa que o senhor tenha uma amante? Saiba que lhe pago na mesma moeda!...
Silveira	(*Saltando.*) Hein?
Dona Angélica	Também eu tenho um amante!...
Silveira	Senhora, com essas coisas não se brinca!
Dona Angélica	Estou dizendo a verdade: amo outro homem que não é o senhor!
Silveira	Quem é esse homem?
Dona Angélica	É... é... (*procurando*) é...
Silveira	Quem? Responda!
Dona Angélica	É... o vizinho Seabra, ora aí tem!

Silveira	O Seabra! Por isso é que ele veio à janela! Ora espera! (*Vai buscar a espingarda.*)
Dona Angélica	Que vai fazer?
Silveira	Vingar a minha honra ultrajada! (*Aponta a arma contra o vizinho.*)
Dona Angélica	Não! Não faça isso! (*Corre para ele.*)
Silveira	Não o defendas, miserável! (*Dá um tiro. O vizinho recebe em cheio a bala no coração e cai para trás.*)
Dona Angélica	Que fizeste, desgraçado! Não era verdade!
Silveira	Não era verdade?
Dona Angélica	Foi o primeiro que me lembrou.
Silveira	Fizeste-a bonita! (*Gritando.*) Vizinho, ó vizinho! Desculpe: foi por engano.
A voz da justiça pública	(*Que passava na rua por acaso.*) Foi por engano?
Silveira	(*Indo à janela.*) Foi.
A voz	Nesse caso, não esteja preso.

A FAMÍLIA NEVES

(Na sala da pensão Smart, onde se acha hospedada a família Neves, de Santa Catarina, vinda à capital federal para ver a Exposição. Estão em cena três senhoritas e dois meninos, um dos quais acompanhado pela ama-seca. Uma das senhoritas lê O malho, *outra toca piano, outra namora um moço que anda de cá para lá no corredor. As crianças brincam.)*

Primeira senhorita — Oh! Meu Deus! Quanto tempo mamãe leva para se vestir!
Segunda senhorita — Papai vai chegar e ela não está pronta!
Terceira senhorita — (*À do piano.*) Não se impacientem! Temos muito tempo!
Madame Neves — (*Entrando.*) Decerto que temos muito tempo! Eu estou pronta! Agora toca a esperar!...
Primeira senhorita — Tomara que papai não venha!
Madame Neves — Por quê?

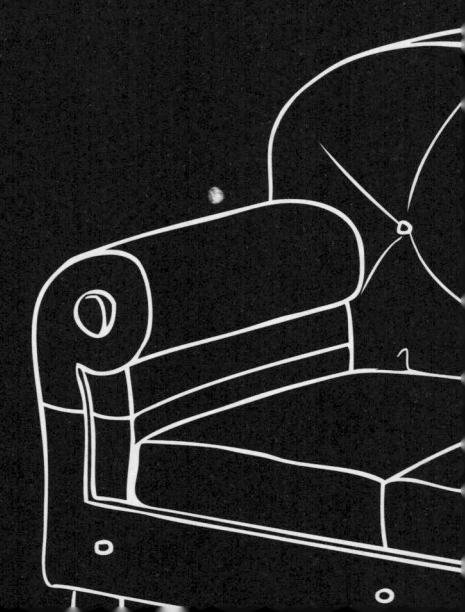

Primeira senhorita	Porque já estamos fartas de ir à Exposição, isto é, ao local onde deverá ser efetuada a Exposição...
Segunda senhorita	Papai entende que lá devemos ir todos os dias!
Terceira senhorita	Diz ele que viemos ao Rio de Janeiro visitar a Exposição, e não devemos ver outra coisa!
Madame Neves	Nem mesmo o Frégoli! Que querem vocês, meninas? Seu pai é muito teimoso! Eu bem lhe dizia, quando ainda estávamos em Florianópolis: "Neves, não vamos já para o Rio... Esperemos que se abra a Exposição... Olha que ela pode ser transferida..." Não me quis atender! Disse ele que era preciso vir antes da abertura, pois, do contrário, não acharíamos cômodo em nenhum hotel ou casa de pensão!
Primeira senhorita	E como a Exposição foi adiada para 14 de julho, estamos condenados a... (*Interrompe-se vendo entrar o pai, que vem furioso da rua.*)
O Neves	(*Atirando-se a uma cadeira.*) Que inferno!
Todos	Que foi?
O Neves	Maldito seja o momento em que me abalei de casa para vir ver a Exposição, trazendo comigo toda a família!
Todos	Por quê?
O Neves	Isto é para desesperar um homem!...

Todos	Mas que foi?
O Neves	A Exposição foi adiada outra vez!
Todos	Oh!
O Neves	Adiada para 11 de agosto!...
Madame Neves	Eu não te dizia? Estava tudo tão atrasado!...
O Neves	Que patetice a minha!... Vamos ficar no Rio mais dois meses pelo menos! (*As senhoritas trocam um olhar de satisfação.*) Enfim... vamos almoçar, e toca para a Exposição!...
Madame Neves	Mas ouve cá... nós não podíamos ir a outra parte?
Primeira senhorita	À Tijuca.
Segunda senhorita	Ao Jardim Zoológico?
Terceira senhorita	Ao Sumaré?
O Neves	Nada! Nós viemos ver a Exposição... Não há Sumarés, nem Tijucas, nem Feraudys, nem Frégolis, nem nada!... É Exposição todos os dias! Vamos, vamos almoçar! Então, meninas? Aviem-se! (*Saem todos, menos a senhorita que namora o moço do corredor.*)
A senhorita	Ouviu? Tome o mesmo bonde que nós!
O moço	Que felicidade, meu anjo! Vou torcer para que a Exposição seja adiada para 7 de Setembro!
A voz do Neves	Isabelinha!
A senhorita	Já vou, papai! (*Sai correndo depois de atirar um beijo ao namoradinho.*)

SOCIALISMO DE VENDA

(Na venda do s'or Zé. Alguns fregueses fazem honra a um parati, que é especial como todos os paratis de venda. Entre os circunstantes está o Tiro-e-Queda, mulato pernóstico e asneirão, que se intitula socialista.)

Um da roda	Ó seu Zé?
Zé	Diga!
Um da roda	Que diabo de história é essa de expulsão de jornalista estrangeiro que vem nas *folha*?
Zé	Pois você não leu?... Era um italiano que andava a pintar a manta lá em São Paulo.
Tiro-e-Queda	Pintando a manta como, seu Zé?
Zé	Pois você não leu?... Que diabo!... O tal sujeitinho provocava a desordem, aconselhava os homens empregados na lavoura a fazerem greve, metia o bedelho na política do país, era um homem perigoso, e o governo fez muito bem pondo-o barra fora. Que vá fazer barulho lá para a sua terra!
Tiro-e-Queda	Seu Zé?
Zé	Que mais temos?
Tiro-e-Queda	Você é burro.
Zé	Com sua licença.
Tiro-e-Queda	Você é um lusitano inteligente, que leu muita coisa, mas é burro.
Zé	Diga lá por quê.

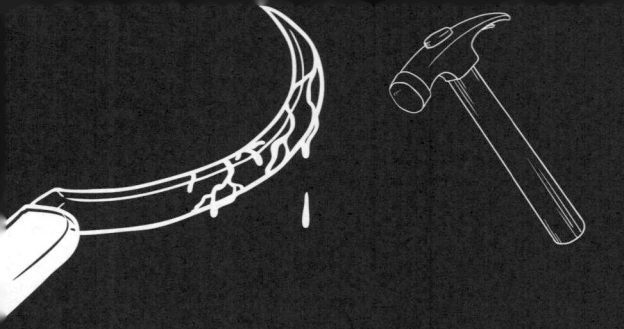

Tiro-e-Queda	Pois você acha que pregar revolução social é pintar a manta? Que cérebro inóspito! Esse jornalista é um benfeitor da humanidade!
Zé	Não admira que você o defenda! Você é um vadio, você não trabalha, você não para oito dias em uma oficina, e não faz outra coisa senão andar pelas vendas a dizer bobagens!
Tiro-e-Queda	Se não trabalho, é porque não quero ser explorado pelo capital! Teria graça que eu, com as minhas ideias anarcossociológicas, me escravizasse aos argentários!
Outro da roda	Deixa disso, chefe. Seu Zé não é tão burro como tu *diz*. Era muito melhor que tu *trabalhasse* em vez de viver à custa de tua mãe e de tuas manas, que trabalham dia e noite, sem que tu te *importe* com isso!
Tiro-e-Queda	Não te mete com a minha vida. Elas não trabalham para encher a pança de um burguês capitalista!
Outro	Sim... é para encher a tua!
Tiro-e-Queda	Ai mau! Vocês estão abusando da minha complacência fleugmática!

Zé	Quem abusa é você, que é moço, é vigoroso, tem saúde, e, em vez de trabalhar para ganhar a vida, anda a aconselhar aos outros que não trabalhem! O governo fez muito bem expulsando esse italiano! Vá para o diabo que o carregue! No Brasil há sempre trabalho para quem quer trabalhar. Isto não é terra de calaceiros!
Tiro-e-Queda	Pois olha, grande burro, quando a dinamite roncar, a primeira casa que vai pelos ares é a tua!
Zé	Não me assustam essas ameaças! Para eu ter medo de ti, seria preciso que tu tivesses fome. Fica sabendo que de barriga cheia nunca ninguém foi anarquista. Aqui não há miséria. Vão ver que o tal jornalista italiano vivia à tripa forra!...
Tiro-e-Queda	As tripas ponho-te eu ao sol!
Zé	Deixa-te de gabolices, que não vales nada! Bebe teu parati e vai dormir, não sejas asno!
Todos	Bravo, bravo, seu Zé!...

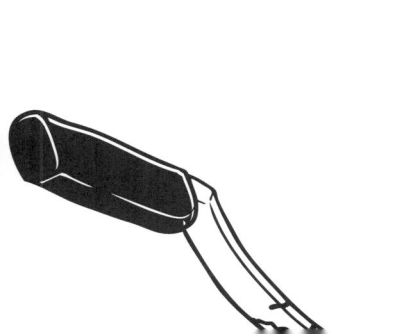

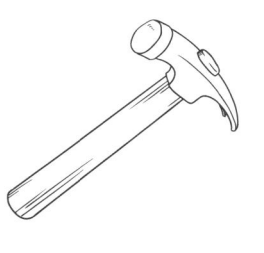

A VACINA

(Na sala de visitas do Lopes, o positivista. Este e dona Claudina, sua esposa, fazem sala a uma senhora viúva que os veio visitar.)

A visita	Aqui no seu bairro há muita varíola?
Dona Claudina	Muita!
Lopes	É este um dos bairros mais atacados!
A visita	No meu tem sido um horror! E os seus meninos estão todos vacinados? (*Dona Claudina troca um olhar com o marido.*) Pois a senhora tem quatro filhos e não mandou vacinar?
Lopes	A senhora esquece-se de que eu pertenço à escola positivista?
A visita	Que tem isso? Não há nada mais positivo que a vacina, e os fatos aí estão demonstrando que não há preservativo mais eficaz contra a varíola!
Lopes	Os fatos têm demonstrado exatamente o contrário: não há pior veneno! Há dias, na Praia Grande, morreram três crianças em consequência da vacina!
A visita	É que a vacina era má. Quantas pessoas têm morrido envenenadas pela comida! Naturalmente ninguém deve entregar o braço a vacinar senão a um médico de toda a confiança.
Lopes	Para isso não há médico de confiança. A vacina é sempre suspeita, e na maior parte dos casos fatal.

A visita	Não diga isso! Pois não estamos vendo o contrário?
Lopes	Minha mulher quis mandar vacinar os pequenos; proibi-lhe categoricamente que fizesse.
A visita	Fez mal.
Lopes	Fiz muito bem. Se a senhora ler folhetos que o Centro Positivista tem publicado contra a vacina, me dará razão.
A visita	Duvido, porque o melhor livro em que se aprende é a vida. Ora eu, desde que me entendo, tenho observado que o melhor meio de não ter bexigas é ser vacinado.
Lopes	Pois sim, mas permita, minha senhora, que eu lhe ofereça um exemplar do luminoso opúsculo publicado em 1904 pelo Teixeira Mendes. Vou lá dentro buscá-lo. (*Sai.*)
Dona Claudina	(*À visita.*) Não lhe diga nada... Os pequenos estão vacinados... Mandei-os vacinar sem lhe dizer nada...
A visita	E ele não sabe?
Dona Claudina	Creio que sabe, mas finge que não sabe... Cuidado! Ele aí vem...

O FOGUETEIRO

(Na alcova conjugal do Trancoso, depois da meia-noite. Entram ele e dona Cincinata cansadíssimos: vêm da Exposição. Começam a despir-se.)

Dona Cincinata	Que maçada! Nunca mais! Não vale a pena!
Trancoso	Ó mulher, não digas isso!...
Dona Cincinata	Os pequenos vinham dormindo no bonde! Aquilo só serve para os moradores de Botafogo!
Trancoso	Mas não temos que nos queixar! Ainda não é uma hora! É o mesmo que se tivéssemos ido a um espetáculo!
Dona Cincinata	Mas num espetáculo a gente diverte-se!
Trancoso	Pois tu queres melhor divertimento que a Exposição? Valha-te Deus!...
Dona Cincinata	Você chama aquilo divertimento? Estou com as pernas que não posso e doem-me as solas dos pés!
Trancoso	Ainda bem! Estás engordando muito: precisas andar...
Dona Cincinata	Pois a mim não me apanham segunda vez!

Trancoso	És um espírito de contradição! Basta que uma coisa agrade a toda a gente para não te agradar a ti! Nesse ponto és bem carioca! (*Deitando-se.*) Pois eu ainda estou deslumbrado por tudo aquilo! Quanta arte!... Quanto bom gosto!... Nunca esperei que fizessem tanto em tão pouco tempo! Que magníficos palácios!... Que lindos pavilhões!...
Dona Cincinata	(*Deitando-se.*) Não vi nenhuma coisa do outro mundo!
Trancoso	Naturalmente! Pois se tu não gostas da avenida Central!
Dona Cincinata	Nem da avenida Beira-Mar! Não gosto de avenidas!...
Trancoso	Também não sei do que tu gostas!
Dona Cincinata	Gosto da minha casa e do sossego, ora aí está!
Trancoso	Pois fica tu em casa; eu e os pequenos havemos de ir muitas vezes à Exposição. Estou entusiasmado! Gostei de tudo!...
Dona Cincinata	De tudo?
Trancoso	De tudo!

Dona Cincinata	Quê! Há pelo menos uma coisa de que você não gostou... Pelo menos não esperou pelo fim...
Trancoso	Já sei; queres falar dos fogos de artifício... Sim... não era preciso mandar buscá-los no estrangeiro e pagá-los por um dinheirão... Mas não digo nada... a minha modéstia obriga-me a ficar calado... (*Inflamando-se.*) Mas que diabo!... Eu sou fogueteiro há quarenta anos, e posso dizer que aqueles fogos não prestam para nada!...
Dona Cincinata	Bom; vamos dormir que são horas.

QUEBRADEIRA
(Epílogo ao *Quebranto*, de Coelho Neto)

(Sala em casa de Josino. Estão em cena ele e Dora, sua mulher.)

Dora	É preciso lembrares-te de alguma coisa que nos tire desta situação!
Josino	Filha, todos os meus planos têm falhado! Já não sei para onde me volte!
Dora	Que triste ideia a de meus pais casarem-me contigo!
Josino	E poderias tu encontrar outro marido?
Dora	Está visto que sim! Quem tinha, como eu, um dote de sessenta contos!...
Josino	Os sessenta contos do seringueiro! Grande coisa! Só teu pai levou vinte!
Dora	Era justo que ele ganhasse uma comissão...
Josino	E os quarenta que ficaram já lá se foram! Estamos sem vintém, e reduzidos a viver de expedientes!
Dora	Tu bem podias ter procurado um emprego...
Josino	Trabalhar eu? Estás doida! Sei lá o que isso é!...

Dora	Malditas cartas anônimas!
Josino	Malditas, sim! Se não fossem elas, tu estarias casada com o Fortuna, e eu seria o teu amante!
Dora	Tu? Nunca!...
Josino	Por quê?
Dora	Nem tu nem outro qualquer! Nada! E a Maria das Contas?
Josino	Pois acreditas em histórias de caboclos?
Dora	Mas, vamos, dize alguma coisa! Nós precisamos pagar os credores mais exigentes! Isto é uma vergonha!
Josino	Eu só vejo um meio...
Dora	Qual?
Josino	Morder o comendador! Ele parece muito nosso amigo... Visita-nos constantemente... faz-nos mil oferecimentos...
Dora	Pois morde-o!
Josino	Eu? Eu não!...
Dora	Então quem há de ser?
Josino	Tu! A minha dentada não produziria efeito!
Dora	Pois queres que eu?...
Josino	Tu sim: a um pedido teu, ele não resistirá.
Dora	Não resistirá por quê?
Josino	Ora não te faças de ingênua!
Dora	Quanto lhe devo pedir?
Josino	Dez contos pelo menos. E é para atamancar!

Um criado da casa	(*Entrando.*) Está aí o senhor comendador.
Josino	Faça-o entrar. (*O criado sai. À Dora.*) Falai no mau... Não poderia vir mais a propósito. Deixo-te só com ele.
O comendador	(*Entrando.*) Boa noite, meus amigos. (*Josino e Dora levantam-se e vão cumprimentá-lo.*) Passei por acaso... e como vi luz na sala...
Josino	Por um triz não me encontra: eu ia a sair.
O comendador	Nesse caso, saiamos juntos.
Josino	Não; o comendador pode ficar fazendo companhia a Dora. Tenho um negócio urgente e demorado; não estarei fora de casa menos de duas horas. (*Estendendo a mão ao comendador.*) Até logo ou até amanhã.
O comendador	Até amanhã!
Josino	Adeus, Dora. (*Sai.*)
O comendador	(*Depois de dar um beijo em Dora.*) Que é isto? É a primeira vez que ele nos deixa à vontade!
Dora	Pois sim, mas fica prevenido de que esta concessão vai-te custar dez contos de réis!

BAHIA E SERGIPE

(O Araújo está em casa, à espera de sua mulher, dona Eugênia, que saiu.)

O Araújo (*Só.*) Não há nada mais desagradável que vir um pai de família para casa, fatigado do trabalho, com fome de cachorro, encontrar a mesa posta e não poder jantar, porque a senhora saiu! (*Aplicando o ouvido.*) Felizmente ela aí vem... Ouço passos na escada... passos pesados, de mulher gorda... Ora ainda bem!...

Dona Eugênia (*Entrando.*) Boa tarde, Araújo.

O Araújo Boa tarde, não: boa noite; o gás está aceso...

Dona Eugênia Você esperou muito tempo?

O Araújo Não; apenas hora e meia.

Dona Eugênia Por que esperou? Por que não jantou?...

O Araújo Porque, quando eu não espero, você zanga-se, vocifera, quebra os pratos e diz que não come sobejos, que não é minha escrava, e mais isto e mais aquilo, e porque vira e porque torna; portanto, prefiro o meu sossego, embora passando fome.

Dona Eugênia Coitadinho! Olhem a vítima!... Sempre a queixar-se!...

O Araújo E você sempre a dar motivos para que eu me queixe!

Dona Eugênia — Bom, não me quero zangar, porque estou muito contente: venho da Exposição!
O Araújo — O que foi lá fazer?
Dona Eugênia — Que fui lá fazer? Ora essa! Pois você não sabe que ontem foi inaugurado o pavilhão da Bahia?
O Araújo — Quem tem isso?
Dona Eugênia — Que tem isso? Decididamente, o senhor quer que eu me zangue! Que tem isso! Esquece-se de que sou baiana, Senhor Araújo, esquece-se de que sou baiana!...
O Araújo — Não, senhora, não me esqueço, mas não vejo que o ser baiana seja motivo para me fazer esperar hora e meia...
Dona Eugênia — Até duas, três, vinte horas! O senhor é filho de Sergipe... Sergipe deve esperar pela Bahia!
O Araújo — (*Resignado.*) Vamos para a mesa.
Dona Eugênia — Onde está o pavilhão de Sergipe? A Bahia construiu um belo pavilhão... ou antes, um palácio, que mete numa chinela o Monroe, o Teatro Municipal e a Caixa de Conversão... Sergipe o que fez? Onde está o seu pavilhão?
O Araújo — (*Que começa a perder a paciência.*) Se não fosse faltar-lhe ao respeito, eu mostrava-lhe o pavilhão de Sergipe!...
Dona Eugênia — Já cá tardavam essas graçolas! É a inveja que o rala por ver a Bahia sempre na ponta!

O Araújo	Vamos jantar.
Dona Eugênia	Jante sozinho, mesmo porque eu não janto assim vestida, e não levo menos de uma hora para mudar de roupa!
O Araújo	(*Conciliador.*) Ouça cá...
Dona Eugênia	Vá para o diabo! (*Entra no seu quarto e fecha com estrondo a porta. O Araújo benze-se e senta-se à mesa.*)
O Araújo	Venha a sopa! (*O copeiro traz a sopa.*) A Bahia está furiosa... Deixá-la... Logo faremos as pazes. (*Prendendo o guardanapo ao pescoço.*) Basta, para isso, que eu lhe mostre o pavilhão de Sergipe... (*Começa a tomar a sopa.*)

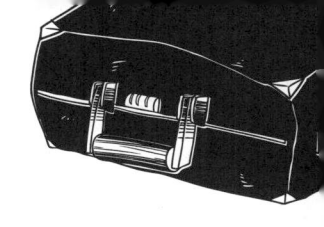

A MALA

(No quarto de dormir do Trancoso, que, deitado ao lado de sua esposa legítima, dona Felisberta, lê o Jornal do Brasil.*)*

Dona Felisberta	Ó seu Trancoso?
Trancoso	Que é?
Dona Felisberta	Que história é uma da mala?
Trancoso	Que mala?
Dona Felisberta	A tal que veio de São Paulo com um defunto dentro?
Trancoso	Você não leu?
Dona Felisberta	Eu tenho lá tempo de ler jornais!
Trancoso	Foi um turco que matou outro e meteu o cadáver dentro da mala para dar sumiço ao mesmo.
Dona Felisberta	Credo! Eram turcos desses de fósforos baratos?
Trancoso	Não, senhora; estes eram de fósforos caros; turcos de gravata lavada.
Dona Felisberta	E qual foi o motivo do assassinato?
Trancoso	Ainda não foi averiguado, mas presume-se que o assassino gostava da mulher da vítima. Dizem que é uma beleza.
Dona Felisberta	Queria que ela ficasse viúva para casar com ele! Que turco levado do diabo!
Trancoso	Por um lado foi bem feito. Quem lhe mandou casar com mulher bonita? Os homens de juízo fazem como eu: casam com mulher feia!

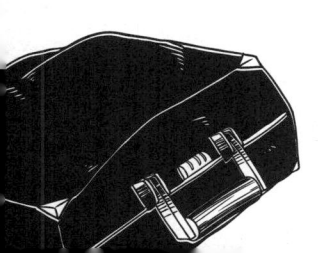

Dona Felisberta	Seu Trancoso, eu sei que sou feia, mas é uma sabedoria que você a todo instante me lembre a minha fealdade! E você pensa que é algum Adônis?
Trancoso	A sua fealdade, senhora dona Felisberta, é o meu sossego!
Dona Felisberta	Então você pensa que eu não seria honesta se fosse bonita?
Trancoso	Uma senhora bonita está exposta a muitas seduções e custa muito caro. Se você não fosse feia, eu tinha a casa sempre cheia de amigos.
Dona Felisberta	Feia! Feia!... Pois olhe, nem todos são da sua opinião.
Trancoso	Duvido.
Dona Felisberta	Ainda ontem, no bonde da Alegria, quando fui à casa da prima Nicota... Está bom! Não conto...
Trancoso	(*Interessado.*) Conte! Que foi?
Dona Felisberta	Não! Você é capaz de se zangar...
Trancoso	Não me zango... Conte!...
Dona Felisberta	Ora! Para quê?...
Trancoso	Conte!... Quero saber o que foi!...
Dona Felisberta	Pois bem! Um bonito rapaz chegou-se tanto, tanto para mim, que eu lhe perguntei: "Que quer o senhor?" Sabe você o que ele me respondeu? "Quero amá-la!"
Trancoso	(*Dando um pulo da cama.*) A mala. Quem foi esse patife? Vou amanhã à polícia! Quer meter-me também dentro da mala!...

LENDO *A NOTÍCIA*

(Na sala de jantar de Elesbão, à noite, à luz do gás. Ele e sua esposa, dona Elisa, ambos maiores de sessenta ou mais, acabam de ler A notícia *e estão comentando o caso dos noivos que apareceram mortos na manhã seguinte à do casamento.)*

Dona Elisa	Para mim foram assassinados! A tal portinha dos fundos encontrada aberta...
Elesbão	Ora! Ficou aberta, porque o noivo se esqueceu de fechá-la. Na noite do casamento os noivos esquecem-se de tudo...
Dona Elisa	Menos de fechar as portas!
Elesbão	Crê que o drama se passou apenas entre os dois. Ele ficou desesperado quando reconheceu que...
Dona Elisa	Não pode ser!
Elesbão	Por quê?
Dona Elisa	O cadáver foi encontrado de calças, e não é de pressupor que o pobre rapaz as vestisse para matar a esposa e suicidar-se. Enfim, o que for soará...
Elesbão	A polícia prendeu um dos antigos noivos da rapariga...
Dona Elisa	Eram uns poucos.
Elesbão	Não há nenhuma que se case sem ter tido antes meia dúzia de namorados!
Dona Elisa	Não sejas injusto! Tu foste o primeiro homem que fez falar o meu coração!
Elesbão	Pois sim!
Dona Elisa	Duvidas, Elesbão?

Elesbão	Ora! Estamos casados há trinta e tantos anos... Teria graça se fôssemos agora apurar essas coisas! (*Pegando na* Notícia.) O que me dá que pensar são estas linhas referentes ao exame médico legal: (*Lendo.*) "Tanto quanto nos foi possível saber, esse exame atestou curioso fenômeno que, sem ser raro, em todo caso dá ensejo à formação de juízo seguro."
Dona Elisa	Um fenômeno? Que será?...
Elesbão	(*Continuando a ler.*) "Acreditamos guardar as reservas que o decoro exige, dizendo simplesmente que se trata de um fenômeno fisiológico de complacência."
Dona Elisa	De complacência?
Elesbão	Cá está: "de complacência."
Dona Elisa	Vai buscar um dicionário!
Elesbão	Que dicionário, que nada! Vamos dormir é que é!
Dona Elisa	Tens razão, são horas. (*Erguem-se ambos.*)
Elesbão	Ah! Minha velha, eu levanto as mãos para o céu todas as vezes que me lembro da nossa primeira noite de casados! Que noite venturosa!...
Dona Elisa	Venturosa? Não sei como não me encontraram morta no dia seguinte!...
Elesbão	Qual morta, qual nada! Naquela, o fenômeno de complacência fui eu...

TRÊS PEDIDOS
(Cena histórica)

(Gabinete do diretor geral da contabilidade na Secretaria da Indústria. Machado de Assis está sentado, a trabalhar. Um sujeito entreabre timidamente a porta.)

O sujeito — Dá licença?
Machado de Assis — Entre. (*O sujeito entra.*) Aqui tem uma cadeira; senta-se e diga o que deseja.
O sujeito — Muito obrigado. (*Senta-se.*) Senhor diretor, requeri há dias um pagamento ao Ministério. O requerimento subiu informado, e está nas mãos de Vossa Senhoria. (*Indicando um papel sobre a mesa.*) Olhe! É este!...
Machado de Assis — Mas que deseja o senhor?
O sujeito — Venho pedir a Vossa Senhoria que o faça subir hoje mesmo ao gabinete.
Machado de Assis — Hoje mesmo não pode ser. Ainda não o examinei, e quero examiná-lo com toda a atenção. Só amanhã subirá.
O sujeito — Amanhã é domingo.
Machado de Assis — Nesse caso, depois de amanhã. Desculpe. (*Estende a mão ao sujeito.*) Preciso estar só. Tenho ainda muito que fazer.
O sujeito — Quero fazer ainda outro pedido a Vossa Senhoria, mas este em nome de minha filha.
Machado de Assis — Diga depressa.

O sujeito	Ela ouviu dizer que Vossa Senhoria é poeta, e manda pedir-lhe que escreva alguma coisa no seu álbum.
Machado de Assis	Já não escrevo em álbuns, meu caro senhor, e demais este lugar é impróprio: não se tratam aqui tais assuntos. Desculpe. (*Estende a mão. Entra um servente com uma bandeja cheia de xícaras de café. Machado de Assis oferece uma xícara ao sujeito.*) É servido!
O sujeito	Não, senhor, não tomo café, porque é um veneno, e peço-lhe que faça como eu: não o tome também.
Machado de Assis	(*Restituindo a xícara à bandeja.*) Pois não! É o terceiro pedido que me faz o senhor desde que aqui está. A este ao menos posso satisfazer: hoje não tomo café.

BONS TEMPOS

(Numa rua estreita da cidade. Dona Joaquina está debruçada à janela da sua casa térrea. Passa o Andrade.)

Andrade — (*Parando.*) Bom dia, senhora dona Joaquina, como tem passado?

Dona Joaquina — Quem é? Ah! É o senhor Andrade... Vamos indo, vamos indo.

Andrade — Está então tomando um pouco de fresco à janela?

Dona Joaquina — É verdade. Depois que perdi meu marido, aquele santo homem que o senhor conheceu, não tenho outra distração senão esta de chegar à janela, à tardinha.

Andrade — E está fresco, está. Felizmente estes malucos que andaram a deitar a cidade abaixo e a abrir avenidas não alargaram esta rua!

Dona Joaquina — Mas deixe lá, que se ela fosse um pouco mais larga, não faria mal...

Andrade — Não diga isso, senhora dona Joaquina. Os antigos, quando fizeram estas ruas estreitas, mostraram muita sabença. Com o nosso clima as ruas largas são um absurdo! Pois não vê a tal avenida Central? Que desastre! Tenho-lhe tanta raiva, que lá não passo!...

Dona Joaquina — Não é tanto assim, senhor Andrade.

Andrade	Mas que quer a senhora? Tudo nesta terra anda de pernas para o ar! Todos querem viver em palácios! Até o *Jornal do Commercio*, que estava tão bem na sua casa velha, de aspecto sério e respeitável, agora tem também palácio na avenida! Não sei o que me parece vê-lo naquela enorme casa toda cheia de requififes e patacoadas! Já mandei suspender a minha assinatura, e sabe Deus quanto me custou, porque era assinante havia quarenta anos!...
Dona Joaquina	Não acho que o senhor fosse razoável.
Andrade	Chamam-me rabugento, inimigo do progresso, o que quiserem, mas eu cá sou assim! *O Jornal do Commercio* era o *Jornal do Commercio* nos bons tempos do Leonardo, em que tinha o escritório cheio de teias de aranha, e não morava num palácio!
Dona Joaquina	Mas que tem uma coisa com outra?
Andrade	Tem tudo. Também eu conservava lá no armazém as minhas teias de aranha, e quando os médicos da higiene lá foram basculhá-las (corja de vadios e malandros!), o meu desejo foi liquidar o negócio! Foi preciso vir a tal República, para que a gente não tivesse o direito de ter a casa suja!
Dona Joaquina	Mas a sujidade...

Andrade	Em casa limpa nunca se ganhou dinheiro, senhora dona Joaquina! A senhora há de ver que todos esses negociantes modernos de avenidas e luzes elétricas hão de dar bons burros ao dízimo! Olhe, eu não lhes fio um real!...
Dona Joaquina	Os tempos são outros, senhor Andrade: tudo mudou!...
Andrade	Tudo, senhora dona Joaquina, tudo! Pois se já apareceu no Rio de Janeiro um homem-cavalo!
Dona Joaquina	Um homem-cavalo?
Andrade	Ou um cavalo-homem! Um monstro que é meio homem e meio cavalo!
Dona Joaquina	Que está dizendo? Pois é lá possível!...
Andrade	Vi o retrato! Tem cabeça de homem e corpo de cavalo!
Dona Joaquina	Credo! Virgem Maria! Antes fosse o contrário!...
Andrade	No nosso tempo, senhora dona Joaquina, não havia homens-cavalos!
Dona Joaquina	Mas havia muitos homens burros. (*Maliciosamente, batendo de leve no ombro de Andrade.*) E deixe lá: ainda não desapareceram todos...

A DESPEDIDA

(Em casa do Hermenegildo. São dez horas da manhã. O dono da casa está no seu gabinete. A família está reunida na sala de jantar.)

A senhorita	Que tem hoje papai? Acabou de almoçar, e, em vez de sair como de costume, fechou-se no gabinete!
O filho mais velho	Algum trabalho urgente da repartição.
A senhora	Tua irmã diz bem: aquilo não é natural.
O filho mais novo	Ele estava muito preocupado durante o almoço...
A senhorita	Não sei o que me diz o coração!
A senhora	Oh, menina, tu assustas-me! Parece que tens medo de que teu pai se suicide!
O filho mais velho	Que lembrança!

O filho mais novo	Que razões haveria para papai suicidar-se?
A senhorita	Quem sabe lá! Vou espiar pelo buraco da fechadura... (*Adianta-se pé ante pé para o gabinete, cuja porta se abre. Hermenegildo aparece com ares solenes e uma carta lacrada na mão. Silêncio geral.*)
Hermenegildo	(*Depois de uma longa pausa, comovido.*) Minha mulher... meus filhos... o momento é solene. (*Outra pausa.*) Sentemo-nos. (*Sentam-se todos a olharem uns para os outros. Nova pausa.*) Minha adorada mulher... meus queridos filhos... vou sair, e não sei se voltarei a esta casa.
Todos	Oh!
Hermenegildo	Henriqueta, aqui tens o meu testamento!
A senhora	O teu testamento?!

Hermenegildo	Sim; há viver e morrer!
A senhora	A tua vida corre perigo?
Hermenegildo	(*Com voz sumida.*) Sim.
A senhorita	(*Com um grito.*) Ah! Já sei... Não é outra coisa! Papai vai bater-se em duelo! (*Choradeira geral.*)
Hermenegildo	Que é isso? Não chorem! Não me vou bater em duelo!
A senhora	Que vais então fazer?
Hermenegildo	Não te esqueças de que o inquilino do chalé da rua dos Araújos está devendo três meses vencidos... Não te esqueças de que o compadre Malaquias não pagou ainda aqueles trezentos mil-réis que me pediu... Não te esqueças...

A senhora	Hermenegildo, tu vais matar-te?
Hermenegildo	Não! Nunca! Os meus papéis estão todos em ordem. A apólice do teu seguro de vida está no cofre. A funerária fará o meu enterro. Todas as indicações estão na gaveta do meio. (*Recrudesce a choradeira.*)
A senhora	(*Debulhada em pranto.*) Mas onde vais tu, Hermenegildo?
Hermenegildo	(*Com um suspiro.*) Vou tomar o elétrico da nova linha de São Januário.

BAGAGEM DE INFORMAÇÕES

momento histórico

Escrita entre 1906 e 1908, a obra *Teatro a vapor* situa-se em uma época de grandes transformações sociais no Brasil, especialmente na cidade do Rio de Janeiro. Apesar disso, a transição do Império para a República se deu de maneira quase imperceptível para os setores populares, à parte do processo político. A população do Rio de Janeiro era composta por um pequeno grupo de burgueses, um inconsistente setor médio, poucos operários, muitos trabalhadores domésticos e pessoas sem profissão definida. A maioria da população era pobre, negra, mestiça.

Com o fim do Império, a capital da nação pretendia alinhar-se ao padrão civilizatório. Para tanto, os cortiços foram removidos do centro e criou-se um movimento para europeizar a população e dissociar a imagem da cidade de antigos hábitos populares. O processo de urbanização, que marginalizava ainda mais os pobres, resultou em uma série de revoltas populares que refletiriam de maneira decisiva no modo de vida na cidade.

É com leveza, bom humor e acidez que o crítico literário, abolicionista, dramaturgo, poeta e contista Artur Azevedo retrata o cotidiano carioca nesse contexto de ebulição social e política.

1890 — A necessidade de matéria-prima e de novos mercados consumidores levou as potências europeias a partilharem a África. Suas fronteiras foram redefinidas na Conferência de Berlim (1884–1885).

1900 — O decreto de vacinação compulsória fez eclodir a Revolta da Vacina (1904), que marcou o descontentamento da população do Rio de Janeiro diante das políticas de governo em prol da modernização da cidade.

1910 — Marinheiros liderados por João Cândido protestaram contra as condições de trabalho, os baixos salários e os castigos físicos neles aplicados. A Revolta da Chibata, como ficou conhecida, incentivou outras manifestações, todas reprimidas pelo governo.

1920 — Em 1922, a Semana de Arte Moderna lançou nomes que se tornariam ícones da literatura brasileira, como Oswald de Andrade, Mário de Andrade e Manuel Bandeira.

momento literário

Na década de 1870, quando o maranhense Artur Azevedo se mudou para o Rio de Janeiro e iniciou a carreira de jornalista e crítico literário, os ideais do Realismo já começavam a vigorar entre os intelectuais brasileiros, refletindo as mudanças políticas e sociais do início do período republicano. Na contramão da seriedade do romance naturalista, o teatro realista brasileiro optou pela comicidade, leveza, musicalidade e forma popular.

Na época da publicação de *Teatro a vapor* coexistiam pelo menos três movimentos literários no Brasil: o Realismo, que dava seus últimos suspiros com a publicação de *Esaú e Jacó*, de Machado de Assis, em 1904; o Simbolismo e o Pré-Modernismo, que sobreviveram até a Semana de Arte Moderna, em 1922.

Artur Azevedo é o principal nome do teatro de revista da segunda metade do século XIX e primeira metade do século XX. Na coletânea *Teatro a vapor*, composta por 105 sainetes publicados semanalmente na revista *O século* entre agosto de 1906 e outubro de 1908, o autor retoma a comédia de costumes consolidada por Martins Pena décadas antes. Por meio do riso e da ironia, o autor cria personagens que representam tipos populares e retrata o cotidiano carioca em intenso processo de urbanização e modernização.

BAGAGEM DE INFORMAÇÕES

- TROVADORISMO
- HUMANISMO
- CLASSICISMO
- BARROCO
- ARCADISMO
- ROMANTISMO
- **REALISMO**
- NATURALISMO
- PARNASIANISMO
- SIMBOLISMO
- PRÉ-MODERNISMO
- MODERNISMO

Pautados pelo positivismo, pelo evolucionismo e pela filosofia alemã, os ideais do Realismo aparecem no Brasil na década de 1870. Um de seus marcos iniciais é o movimento sociológico conhecido como Escola de Recife, liderado por Tobias Barreto.

A linguagem realista é objetiva, culta e direta. A narrativa é lenta e acompanha o tempo psicológico. Sob temáticas universais, os personagens são esféricos, ou seja, estruturados por seu viés psicológico.

A comédia de costumes de Artur Azevedo foi elaborada sob um olhar crítico e satírico. Observador da sociedade carioca, o autor retratou tipos populares e representantes das classes abastadas por meio de diálogos curtos, ágeis e verossímeis.

Na segunda metade do século XIX, popularizaram-se no Rio de Janeiro gêneros teatrais franceses, como o teatro de revista, a ópera bufa e a opereta musical e recitativa.